まえがき

『大和怪異記』（宝永六年［一七〇九年］刊）は不思議な本だ。

まず書名に「大和」とあるから、うっかり大和国の怪談集と思いがちだが、実際には奥州から九州まで全国各地の怪異譚百数篇が収められている。読者のためには「本朝怪異記」とでも題してくれた方が親切だったかも知れない。

次に作者だが、これが皆目分からない。ただ、古今東西の書物を博捜して奇談を取集している処をみると、並の者とは思えない。

本書は、『大和怪異記』の本邦初訳である。手垢にまみれておらず、清新で、それでいて妖しい物語の数々をごゆるりとお楽しみ下さい。

上方文化評論家　福井栄一

『全訳 大和怪異記』目次

巻之三……63

巻之四　…89

巻之六 …… 143

巻之七　…　177

大和怪異記 関連地図

〔凡例〕

1-1 ＝　巻之一第一話

江戸期の国境

現代の都道府県境

〔地図上に無記載〕

・5-5
・5-10
・6-10
・7-19

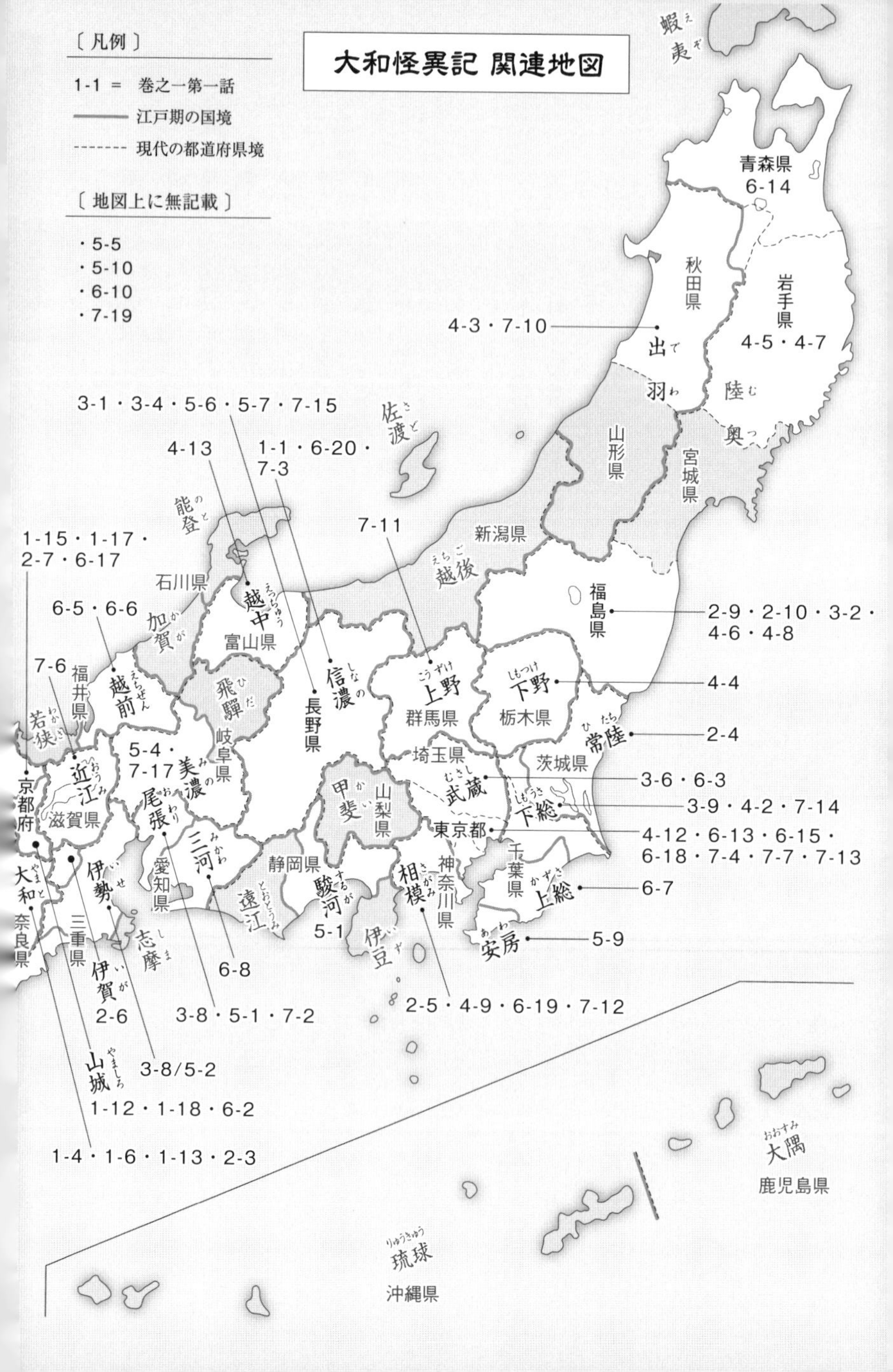

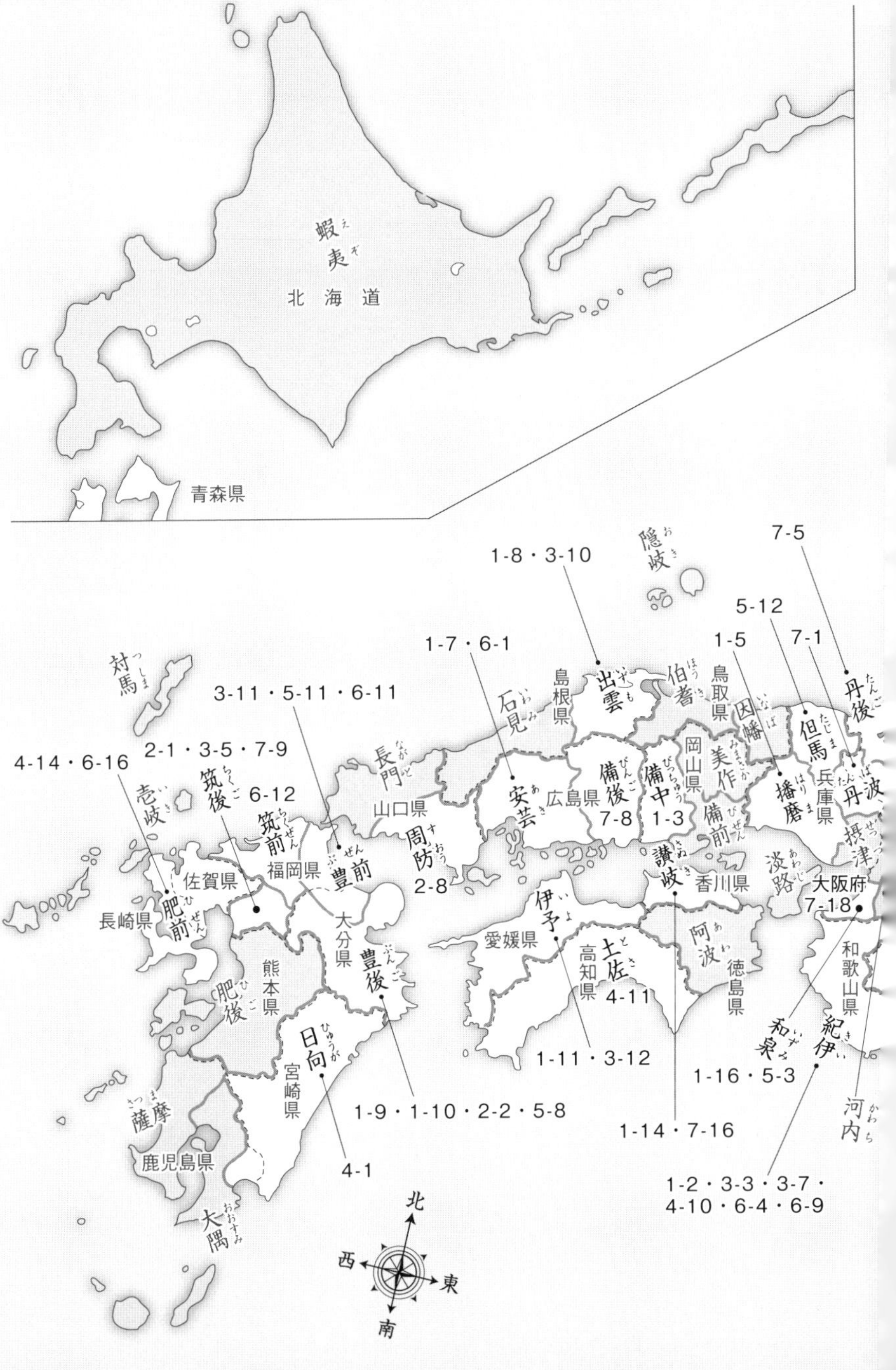

蝦夷《えぞ》
北海道
青森県
隠岐《おき》
1-8・3-10
7-5
5-12
1-5
7-1
1-7・6-1
対馬《つしま》
3-11・5-11・6-11
島根県
出雲《いずも》
伯耆《ほうき》
鳥取県
因幡《いなば》
丹後《たんご》
但馬《たじま》
石見《いわみ》
長門《ながと》
2-1・3-5・7-9
4-14・6-16
筑後《ちくご》
6-12
壱岐《いき》
筑前《ちくぜん》
山口県
周防《すおう》
安芸《あき》
広島県
備後《びんご》
7-8
備中《びっちゅう》
1-3
岡山県
美作《みまさか》
備前《びぜん》
播磨《はりま》
兵庫県
丹波《たんば》
摂津《せっつ》
佐賀県
福岡県
豊前《ぶぜん》
2-8
讃岐《さぬき》
香川県
淡路《あわじ》
大阪府
7-18
長崎県
肥前《ひぜん》
大分県
伊予《いよ》
愛媛県
高知県
土佐《とさ》
4-11
阿波《あわ》
徳島県
和歌山県
熊本県
肥後《ひご》
豊後《ぶんご》
日向《ひゅうが》
宮崎県
1-11・3-12
和泉《いずみ》
紀伊《きい》
1-16・5-3
1-9・1-10・2-2・5-8
1-14・7-16
河内《かわち》
薩摩《さつま》
鹿児島県
4-1
1-2・3-3・3-7・
4-10・6-4・6-9
大隅《おおすみ》
北
西
東
南

［装画］

『エドガー・ポーに』
I. 眼は奇妙な気球のように無限に向かう
オディロン・ルドン

A EDGAR POE
I .L'œil, comme un ballon bizarre, se dirige vers L'INFINI.
Odilon Redon

1882年　リトグラフ／紙
岐阜県美術館所蔵

［本文挿絵］

三村京子

［地図］

曽根田栄夫

卷之一

第一話　日本武尊、山神を殺すこと

やまとたけるのみこと、やまのかみをころすこと

景行《けいこう》天皇二十八年、日本武尊は信濃へ赴いた。

信濃国の山は高く谷は深く、岩山の峰が続いて馬では進めなかった。

それでも日本武尊はひるまず、深山へ分け入った。

これを見た山神は、ある時、白鹿へ変じて、懲らしめのために日本武尊の前に姿を現した。

ちょうど食を摂っていた日本武尊は白鹿を怪しみ、近くに生えていた蒜《ひる》（ニンニク）を抜き取って投じた処、蒜は目を直撃し、白鹿は死んだ。

この後、日本武尊は道に迷って難渋したが、何処からか白犬が現れて道案内をしてくれたお蔭で、無事に美濃へ出ることが出来た。


（『日本書紀』）

日本武尊…記紀に登場する日本神話の英雄。倭建《やまとたける》ともいう。第十二代景行天皇の皇子。日本各地の賊を次々に平定して武名を轟《とどろ》かせたが次第に憔悴し、ついには東征の

帰路に伊勢の地で没したという。

第二話　小竹宮怪異のこと

しののみやかいいのこと

紀伊国日高へ赴いた神功皇后《じんぐうこうごう》は、忍熊王《おしくまおう》討伐のために小竹宮《しののみや》へ移動した。この時、昼間も陽の光が失われて夜の如く暗い日が、何日も続いた。神功皇后は紀氏の祖豊耳《とよみみ》を召し出して、

「この異変は何ゆえか」

と訊ねた。

　すると、一人の老人が進み出て、

「おそらくは阿豆那比《あづなひ》の罪のせいでございましょう」

と言うので「何の罪か」と更に問うたところ、

「二人の死者を合葬した祟りかと思われます。かつてこの近くの村に、小竹《しの》、天野《あまの》という者がおり、親友同士でした。ある時、小竹が病で没すると、天野は悲嘆にくれ、『死後も

生前同様、片時も離れたくない。私が死んだら一緒に埋葬してくれ』と言い残すと、小竹の死骸にすがりついたまままみずから命を絶ちました。そこで周囲の者たちは故人の言葉を守り、二人を合奏してやったのでございます。今回の異変はそれが原因ではないかと……」

これを聞いた神功皇后が墓をあらためさせると、その話の通りだった。

そこで、二人の遺骸を別々の棺に納め、場所を違えて埋葬しなおした処、陽光が射し、昼夜の別が戻って来た。

（『日本書紀』）

神功皇后…記紀の重要な登場人物の一人。第十四代仲哀《ちゅうあい》天皇の皇后で、第十五代応神天皇の母。仲哀天皇の崩御後、新羅を滅ぼし百済・高句麗を平らげたという。休ヶ岡《やすみがおか》八幡宮（奈良市）蔵の神功皇后像は有名。

第三話　吉備県守、虬を斬ること

きびあがたもり、みづちをきること

仁徳天皇六十七年十月、備中国川嶋河《かわなり》には大きな虬（悪龍）が棲みつき、人々を害していた。近づいた者は、虬の吐く毒におかされて命を落としてしまうのだった。

ある時、県守《あがたもり》という豪傑がやって来た。

県守は河岸に立つと、三つの瓢《ひさご》（瓢箪）を河へ投げ込んで大音声《だいおんじょう》を上げた。

「虬よ、よく聞け。命が惜しくば、俺がさきほど投げ込んだ瓢を水中へ沈めてみろ。成功したら俺はこのまま立ち去る。しくじったら、俺は貴様を斬り殺してやる」

すると、大虬は鹿に姿を変えて現れ、瓢を沈めようと躍起になった。しかし当然の如く、瓢は沈まない。

県守は剣を抜いてすかさず水へ入り、大虬を斬り殺した。

そして水底を探り、そこに巣喰っていた眷属どもも尽《ことごと》く血祭りにあげた。

これ以来、一帯は県守淵《ふち》と呼ばれている。

（『日本書紀』）

虬…龍は卵生。雌は卵を抱かず、両親が強く念じることで孵化する。これを「思抱《しほう》」という。孵化して出てくるのは「虬《ち》」である。これが長い年月をかけて「蛟《こう》」となる。蛟のうち、雄で角が二本あるのが虬とされる。

第四話　蜾蠃、大蛇を斬ること

すがる、おろちをきること

雄略天皇七年七月、少子部蜾蠃《ちいさこべのすがる》に詔《みことのり》が下った。

「三諸岳《みもろだけ》の山神の正体を暴かねばならぬ。豪勇で知られる汝が赴き、捕らえて連れ帰るべし」

そこで少子部蜾蠃は三諸岳へ出向き、大蛇《おろち》を捕らえて来て、上覧に供した。大蛇は体長七丈余（約二十一メートル）、全身から雷光を発し、両眼もぎらぎら輝いていた。

これに接した天皇は肝をつぶし、ろくに目もくれぬまま殿中へ隠れてしまった。その後、勅命により大蛇は元の岳へ帰され、「いかづち」という名を賜った。

（『日本書紀』）

大蛇…大蛇と聞いて皆が思い出すのは、日本神話に登場する出雲国の八岐大蛇《やまたのおろち》だろう。英雄スサノオノミコトが剣でズタズタに切り刻むと、尾から剣が出て来た。それが名剣・天叢雲剣《あめのむらくものつるぎ》だった。

第五話　文石小麻呂、犬に化けること

あやしのおまろ、いぬにばけること

雄略天皇《ゆうりゃくてんのう》十三年秋八月、播磨国御井隈《みいくま》で勢威をふるい、暴虐の限りを尽くしていた文石小麻呂へ向け、朝廷から討伐隊が差し向けられた。春日小野大樹《かすがのおののおおき》が百人の兵を率いて現地へ急行した。

戦闘は大樹軍の圧勝。

大樹の手勢が文石の屋敷を取り囲んで火をかけると、燃え盛る炎の中から突如、大きな白犬が躍り出て、大樹へ襲いかかった。白犬の大きさは熊ほどもあった。

大樹は抜刀し、見事、白犬を斬り殺した。

すると、白犬の遺骸はみるみるうちに文石の姿へ変じたという。

（『日本書紀』）

白…動物学では、白化個体をアルビノという。遺伝子レベルの異常によってメラニン色素の生合成が妨げられ、体毛や皮膚が白くなる。自然界ではアルビノは生存が難しい。天敵に見つかりやすいから。しかし人間はそれに聖性を見出す。

第六話　猿、歌を詠むこと

さる、うたをよむこと

皇極天皇《こうぎょくてんのう》三年夏六月、大和国志紀郡《しきのこおり》から報告があった。

ある人が三輪山中で寝ている猿を見つけ、そっと近づいてその肘を摑んだ処、人語を操って歌を詠みかけて来たので、薄気味悪くなって猿を逃がしてやったという。

（『釈日本紀』）

猿…日本猿《ニホンザル》は世界の猿の仲間の中では最も北に棲む種である。なお、屋久島には亜種のヤクシマザルがいる。高い知能を持つので、害獣としてこれに対する農業関係者は、苦労が多い。また、観光地での「猿害」も増えている。

第七話　河辺、雷神を焼き殺すこと

かわべ、らいじんをやきころすこと

推古天皇二十六年八月、大船が建造される運びとなり、用材調達のため河辺某が安芸国へ遣わされた。

現地でお誂え向きの巨木を見つけた河辺はさっそく伐採を命じたが、

「あれは雷神ゆかりの樹です。伐り倒すのはお止めになった方がよい」

と意見する人があった。

ところが河辺は、

「たとえ雷神であろうと、勅命には服すべきだ」

とはねつけ、人足たちに作業を始めさせた。

すると、凄まじい豪雨と雷鳴が一帯を襲った。

河辺は剣を手にして、

「雷神に告ぐ。人足たちに手を出すな。代わりに私の身を引き裂くがよい」

と叫んだ。

そうして、河辺は身じろぎもせずに居たが、別状はなかった。

一方、雷光が閃いたかと思うと、小魚が一匹、例の巨樹の枝に挟まっていた。

河辺はすかさず小魚を捕らえ、焼き殺した。

その後、巨樹は滞りなく伐り倒され、それを用いて大船は無事に完成した。

（『釈日本紀』）

雷神…菅原道真（八四五年－九〇三年）は死後に雷神と化して京で大暴れ。御所に雷を落として政敵を焼き殺したが、決して淫虐ではなかった。これに対し、雷神は雷神でもアイヌ神話の雷神シカンナカムイは、淫虐な性格で知られた。

第八話　猪麻呂、鰐魚を殺すこと

いまろ、わにをころすこと

天智天皇の御代、出雲国に猪麻呂という男がいた。

ある日、猪麻呂の娘が同国売崎《うりざき》の海辺で鰐魚（鮫のこと）に喰い殺された。

猪麻呂は悲しみに打ちひしがれつつ、天神地祇ならびに海神に祈りを捧げた。すると、沖の方から百余匹の鰐魚の群れが、ある一匹の鰐魚を取り囲むようにして岸へ泳ぎ寄ってきた。中にいたのは、猪麻呂の娘を喰い殺した鰐魚だった。

猪麻呂は急いで鉾を手にすると、その鰐魚を突き殺した。

それを見届けると、他の鰐魚は泳ぎ去って行った。
猪麻呂が仕留めた鰐魚の腹を割いてみると、愛娘の片脚の脛《はぎ》だけが出て来た。
猪麻呂は憎い鰐魚の死骸を串に刺し、路傍に立てて晒《さら》しものにした。

（『出雲国風土記』）

鰐魚…ここでいう「鰐魚」とは、鮫のこと。地球上には約五百種の鮫が棲むが、人間を襲う可能性のあるのは六種ほどにとどまる。ところで、鮫に襲われて死ぬ人の数は世界で年間数人。一方、毎年一億匹以上の鮫が人間に殺されている。

第九話　豊後国頭峯のこと《ぶんごのくにくびのみねのこと》

豊後国速見《はやみ》郡に頭峯という所がある。
この峯の麓に水田があり、元の名を宅田《いえだ》といった。
いつの頃からか、この田には鹿が寄りつき、苗を喰らうようになったので、農家の人々は難儀していた。

ある時、田の持ち主がようやくのことで鹿を捕らえ、今まさに首を斬ろうとすると、鹿が命乞いをした。

「どうか命をお助け下さい。もしもお助け下さいましたら、私はもちろん子々孫々に至るまで、田を荒らさないと誓います」

田の持ち主は鹿が人語を発したことに驚き、首を斬らずに逃がしてやった。これ以来、鹿が田を荒らすことはなくなった。

それ故、この地を頭田村《くびたむら》、峯を頭峯と呼ぶ。


（『豊後国風土記』）

鹿…雄鹿の立派な角は、牛の角と違って血は通っていないので、切ったり折ったりしても血は出ないし、痛みは生じない。角は毎年春に落ち、晩夏までには再生するので、昔の人はそこに強靭な生命力を看取して、神聖視した。

第十話　豊後国田野のこと《ぶんごのくにでんやのこと》

豊後国に田野という所がある。
かつてここは土が肥えていて、作物がよく育ち、実った。

それ故、この地に住した一家は、たちまち富貴の身となった。

ところが……。

驕《おご》りが嵩じたものか、ある日、この家の者が弓矢遊びに興じた際、餅で的をつくって射た。

すると、的の餅は残らず白鳥に化して、南の空へ飛び去ってしまった。

それ以降、この家は瞬く間に落ちぶれて、一族は絶えた。

また、水脈まで変わってしまったからか、水田にもならなくなった。田野と呼ばれる所以である。


（『豊後国風土記』）

白鳥…近現代の西欧では、白鳥は美麗・清純なイメージが定着。両性具有の象徴という古い神話的解釈は忘れられつつある。なお、サン＝サーンス（一八三五年－一九二一年）作曲「動物の謝肉祭」（全一四曲）の一三曲目が有名な「白鳥」。

第十一話　嵯峨天皇は上仙法師の生まれ変わりであること

さがてんのうはじょうせんほうしのうまれかわりであること

むかし、伊予国神野郡《かみの》に、上仙という僧がいた。後世では帝に生まれ変わることを、平素から願い続けていた。

やがて最期の時が来ると、

「願いが叶って後世で帝に生まれ変われたなら、この地の郡名を名字《みょうじ》にしようぞ」

と言い残してから、没した。

ところで、神野郡 橘 里《たちばなのさと》には、橘 嫗《たちばなのうば》という者が住んでいた。日頃から身上《しんしょう》を傾けてまで、生前の上仙に帰依していた。その上仙が亡くなると大いに嘆き、

「私は長年にわたってお上人様を支えて参りました。叶うことなら、死後もお側近くに居らせて頂きたいものです」

と言って息絶えた。

さて、ほどなく嵯峨帝がお生まれになった。

先帝に倣い、皇子の名には乳母の姓が付けられた。

ちなみに、乳母の姓は神野であったので、これが帝の諱《いみな》（死後に尊敬しておくる称号）とさ

れた。ここから推すに、嵯峨天皇は上仙の生まれ変わりと思《おぼ》しい。
なお、帝の諱と同じなのは畏れ多いというので、郡名は「新居《にい》」と改められた。
ところで、嵯峨帝は後年、橘清友の娘である嘉智子《かちこ》を夫人《ぶにん》とした。橘夫人、世にいう檀林皇后である。この人こそ、例の橘嫗の生まれ変わりであろう。

（『日本後紀』『文徳実録』）

嵯峨天皇…第五十二代嵯峨天皇（七八六年－八四二年）（在位八〇九年－八二三年）は漢詩と書に優れ、空海（七七四年－八三五年）・橘逸勢《たちばなのはやなり》（?年－八四二年）とならぶ「三筆」の一人としても知られる。

第十二話　雲中で鶏が闘う怪異のこと《うんちゅうでにわとりがたたかうかいいのこと》

天安二年三月壬辰《みずのえたつ》の夜、左近衛府の大宅年麻呂《おおやのとしまろ》という男は、京の北野の稲荷神社の上空で闘う二羽の鶏を目撃した。

二羽とも体色は赤く、争うたびに羽毛や羽根が周囲へ散り飛んだ。地面から遠く離れた虚空にいるというのに、まるで眼前で闘っているかのように姿かたちがはっきりと見えたという。

（『日本後紀』『文徳実録』）

鶏…寝坊する鶏も居てよいと思うが、耳にしたことがない。鶏鳴で新しい朝を告げる。ちなみに中国語では、「鶏」は臆病な生きものというイメージが強いようで、「草鶏」は度胸のない人、「鶏胆子」は小心者の意。

第十三話　金峯山の上人、鬼となって染殿后を悩ませること

きんぷせんのしょうにん、おにとなってそめどののきさきをなやませること

染殿后が重病におかされて薬石の効なく、もはや神仏におすがりするしかなくなった折、藤原良房《ふじわらのよしふさ》は治病に効験ありと評判の金峯山の上人を召し出した。

上人は懸命に祈禱した。

その甲斐あって、数日のうちに后の病は癒えた。

ところが……。

上人は后の容色に迷い、これに懸想してしまった。

大勢の侍女があれこれ試みたが、上人は后の傍から離れようとしない。

そこで、侍医の当麻鴨継《たいまのかもつぐ》がやむなく御簾の中へ走り入り、上人を外へ引きずり出して役人に捕縛させた。

文徳天皇はこの報告を聞いて激怒し、上人を獄へ繋ぐように命じた。

すると上人は天を仰ぎ、

「かくなる上は一刻も早く、わが寿命が尽きますように。死して鬼となり、后と添い遂げてやるぞ」

と念じた。

獄吏がその旨を良房の耳に入れると、良房は驚いて上人を放免した。

上人は山へ戻ったが、食を絶ち、十日ほどして餓死した。

その後、宮中に鬼が現れた。

髪はさんばら、身の丈は八尺余で裸形だっだ。皮膚は漆のごとく黒かった。

鬼はすぐさま后の御簾の中へ押し入った。

后は鬼を見るや正気を失い、誘われるままに鬼と交わった。

この鬼の姿は時に見え、また見えぬ時もあったが、始終、后と言葉を交わしていた。文徳天皇は怖れて、后のそばへは近づかなくなった。

ある時、后は鬼言葉で、

「鴨継をとり殺してやる」

と呪った。

ほどなく、鴨継は急死した。

さて、そうこうするうち、后は齢五十となった。

息子の清和天皇が賀の祝いの儀式を催して礼拝したが、后はすでに正気を失っており、かたわらに居る鬼と、まるで人間の夫婦がするように酒盃を呑み交わしていた。清和天皇はこの様子を見て悲嘆に暮れた。


（出典記載なし）

鬼…鬼の指は三本。瞋恚《しんい》（怒り）・貪欲《どんよく》（欲深いこと）・愚痴《ぐち》（愚かさ）を象徴している。人間の五本指に比べて二本少ないのは、智慧と慈悲を欠いているからだという。

第十四話　安倍晴明、花山院の前世を占うこと

あべのせいめい、かさんいんのぜんせをうらなうこと

安倍晴明は、讃岐香東郡《こうとうぐん》の出身である。

賀茂保憲《かものやすのり》に師事して、やがて暦道や陰陽道の大家となった。

さて、花山院が在位の折、ひどい頭痛に悩まされたことがあった。

侍医たちの加療はいっこうに効果がない。

すると、晴明が奏上したことには、

「あなた様は前世では尊い行者でいらっしゃいまして、大峯山で入滅なさいました。その徳で今世では天子にお生まれになったわけですが、畏れ多くも前世の髑髏《どくろ》が大峰山の岩の間へ落ちて挟まったまま、放置されております。雨が降りますと、両側の岩が水気を含んで膨らみ、髑髏を締めつけます。激しい頭痛に見舞われるのは、それ故です。髑髏を割れ目から取り出して広い場所に安置すれば、すぐにでも平癒なされるでありましょう」

晴明はこれに続けて、髑髏の場所まで申し上げた。

そこで花山院が人を遣わして調べさせてみると、髑髏は晴明の言った場所に確かにあった。更に、髑髏を取り出してみた処、花山院の頭痛は嘘のように消えた。

（『古事談』）

安倍晴明…安倍晴明（九二一年－一〇〇五年）は平安時代に活躍した伝説的な陰陽師。官位こそ従四位下と低かったが、天皇家や藤原氏の有力者に伺候して様々な呪法を行い、名を馳せた。晴明神社（京都市）をはじめ所縁の神社が全国にある。

第十五話　赤染衛門の妹が魔魅に遭うこと

あかぞめえもんのいもうとがまみにあうこと

関白藤原道隆がまだ少将であった頃、赤染衛門《あかぞめえもん》の妹である某に想いをかけて、足繁く通っていた。

姉の赤染衛門の名高い一首「やすらはで　寝なましものを　さ夜ふけて　傾《かたぶ》くまでの月を見しかな」（こんなことならば、さっさと寝てしまえばよかった。いつ来るか分からないあなたを待っているうちに、とうとう夜が更けて、西に傾いて沈んでいく月を見る羽目になってしまいましたよ）は、その頃、妹に代わって詠まれたものらしい。

ともあれ、やがて道隆の寵愛は薄れ、某への往訪は絶えた。

しかし、某は道隆のことが忘れられず、南面の簾を巻き上げては、ぼんやりと外を眺める日が続いた。

すると……。

いつの頃からか、別の男が通ってくるようになった。

某も満更ではなく、喜んで迎えたので、男は頻々にやって来た。

但し、来る時も去る時も、屋敷の外で馬や牛車の物音が一切しない。

訝しく思った某は、男の正体を確かめるべく、ある夜、長い糸を通した針を準備して男を待った。

そして素知らぬ顔で男を迎え、暁に男が去る際、気付かれぬように針を相手の直衣《のうし》の袖に刺した。

さて翌朝。

某が辿って行くと、糸は南庭の樹の上まで続いていた。

それ以降、例の男が来ることはなかった。すべては魔物の仕業であったのだろうか。

ちなみに、某はこの後、懐妊して、やがてひとつの胞衣《えな》（胎児を包む膜や胎盤など）を産み落とした。胞衣を開いてみると中は血の塊ばかりで、他には何もなかった。

（『江談抄《ごうだんしょう》』）

胞衣…江戸時代、胞衣を洗うと新生児の父親の家の紋が現れると信じられた。また、胞衣を埋めた地の上を最初に踏んだ者を、本人は生涯嫌うといわれた。なお、胞衣を埋めた場所は濫りに他人に教えなかった。呪法に悪用されては困るから。

第十六話　宇治中納言が在原業平の幽霊に遭うこと《うじちゅうなごんがありわらのなりひらのゆうれいにあうこと》

在原業平は、十四歳から二十八歳まで真雅《しんが》僧正に師事し、真言の奥義を究めた。それ故、多くの詠歌が真言の真髄に適っている。真言相承《そうしょう》の血脈にある「好賢《こうけん》」とは、実は業平のことである。

ところで、業平は天長二年（八二五年）の生まれ。元慶《がんぎょう》四年（八八〇年）五月九日より病に臥し、同月二十八日の子の刻に没した。享年五十六歳。遺言に従い、遺骸は東山の麓に葬られた。

同年九月十三日、宇治中納言が熊野へ参詣の途上、和泉国大島郡にて業平の幽霊に遭遇した。

その後、夢告もあったため、業平の遺骸を和泉国へ改葬して塚を築き、菩提を弔うべく和泉寺を建立した。浜寺とも在原寺ともいわれる。

（『玉伝深秘』）

在原業平…在原業平（八二五年-八八〇年）は容貌に恵まれていたらしく、『源氏物語』の主人公・光源氏のモデルの一人とされる。かつては美男のことを「今業平《いまなりひら》」と評したが、昨今では「イケメン」なる語が横行している。

第十七話　大江匡房は熒惑星の化身であること

おおえのまさふさはけいこくせいのけしんであること

大江匡房は傑物で、天文道や陰陽道に通暁していた。

ある時、一人の唐人が匡房に会うや、

「あなた様は熒惑星（火星の異称）の化身でいらっしゃいます」
と言って、深々と拝礼した。

（『江談抄』）

熒惑星…古代中国では、火星を「熒惑」といった。赤く輝いて妙に目立つ星である。なお、中国の古書に出てくる「火」は火星のことではなく、「大火（サソリ座で最も明るい恒星アンタレス）」のことなので注意。

第十八話　壬生《みぶ》の尼《あま》、死《し》して腹《はら》から火《ひ》が出《で》たこと

六条壬生に住する尼が死んだ。
遺骸はそこらに打ち捨てられたので、野良犬が寄って来て腹を喰い破った処、火が噴き出して遺骸は焼け、跡形もなくなってしまった。

（『続古事談』）

尼…尼も十人十色。奇兵隊の創設者・高杉晋作（一八三九年－一八六七年）の愛妾おうのは晋作の死後は奔放になり、男から男へ渡り歩いた。「泉下の晋作さんの恥だ」と憤慨した後輩たちは、無理やり彼女の髪を剃って尼にしたという。

巻之二

第一話　草野経廉が化け物を射ること

くさのつねかどがばけものをいること

筑後国山本に草野経廉という者が住んでいた。山中へ分け入って猪や鹿を狩ることを、常々、無類の楽しみとしていた。

ある日のこと。

経廉は弓矢を携え、小黒《こぐろ》・真黒《まくろ》という二匹の愛犬を連れて深山へ赴き、鹿を狩っていた。そして、犬が行くのに従って進むうち、野を越え山を越え、とうとう豊後国日田《ひた》郡内野狩《うちのか》倉《くら》に至り着いた。

すると、そこには壮麗な屋敷がそびえていた。門扉にも家屋にも贅が尽くされ、蔵がいくつも並んでいた。折しも南庭には梅花が咲き誇り、芳香を漂わせていた。

経廉は門前に至って案内を請うたが、返事がない。おそるおそる屋敷の中へ入って奥へ進むと、齢十八くらいの美しい姫が一人でさめざめと泣いていた。

経廉が、

「そなたは果たして人なのか」

と問うと、姫が言うには、

「私は草壁春里《くさかべはるさと》の末娘です。父は富貴の身で、この大きな屋敷に大勢の家族親類や使用人たちを住まわせていました。ところが、いつの頃からか、夜な夜な魔性の者どもがこの屋敷に現れるようになり、私の父母や兄弟姉妹を次々に喰い殺していったのです。これを見た親戚や使用人たちは恐れをなして逃げ去り、今や私一人が取り残されてしまいました。そして、この私も、今宵には化け物たちに喰われてしまうことでしょう。悲しくてなりません」

これを聞いた経廉は、

「それなら今宵、私がその魔物を退治して差し上げましょう」

と約し、姫を大きな唐櫃《からびつ》に入れると蓋の上にどっかと腰を下ろした。そして愛犬二匹を唐櫃の左右に配置して、魔物の出現を待った。

やがて夜更けになると、巽《たつみ》の方角から雷《いかづち》の如き何者かが渦巻きながら飛来して、屋敷の破風から侵入しようとした。

経廉は慌てず騒がず長大な矢をつがえ、狙い定めてひょうと射た。

すると、雷は南方へ飛び去り、戻っては来なかった。

明け方に確かめてみると、破風には血だまりが残っていた。

例の愛犬たちを頼りに血の跡を辿って行くと、櫛川山へ行きついた。

そこには怪しい倒木があった。幹の中央には矢が突き立ち、おびただしい量の血が流れ出ていた。

経廉が訝しがっている処に、ひとりの木こりがやって来て、

「この樹は山中一の木神《もくしん》であったのに、そうとは知らぬ草壁春里が伐り倒してしまった。その際に木神が上げた叫び声は、雷鳴の幾千倍もの大きさだった。春里の屋敷の変事はその祟りなのだ」

と告げるや、姿がかき消すように見えなくなった。

経廉は言った。

「汝が怒るのも無理はないが、私が万徳円満《まんどくえんまん》（あらゆる徳をそなえていること）の仏像を刻んでやるほどに、ここらで恨みを忘れてはどうか」

すると倒木の中から応諾の声が聞こえたので、経廉が続けて、

「まだ木神の精気が残っているならば、私の領地まで来るがよかろう」

と呼びかけると、その言葉が終わらぬうちに全山が震動し、次いで大雨が降って奔流が一帯を襲った。

例の倒木は流れにもまれて立ち上がり、見る見るうちに龍へ変じて奔流を下って行った。

さて、その後、筑後国九万死路《くましろ》の渡し場に鬼が出現し、夜な夜な旅人をとり殺すようになった。これによって往来が絶え、人々は難渋していた。経廉はこれを聞いてさっそく退治に出掛けたが、夜半に様子を窺うと、河辺の砂中から何物かが怪光を発していた。

掘り出してみると驚いたことに例の倒木で、それが証拠に経廉の矢が突き立ったままだった。そこで経廉が、

「過日の櫛川山での約定を信じ、ここまで来てくれたのは実に殊勝だ。ただ、出来ることなら、事のついでにあと一里ほど進んでくれ。そこが私の領地だ」

と呼びかけると、目前の川の水がにわかに逆流して、倒木は経廉の領地まで運ばれて行った。

経廉は帰城するやすぐに仏師を召し出し、例の倒木に尊い仏の姿を刻ませた。そして堂舎を造営して仏像を祀った。今の筑後国山本の観音がそれである。

ほどなく経廉はかの草壁春里の娘を妻に迎え、一族は子々孫々まで栄えたという。

（『豊後日田事記』）

弓矢…射る者の筋力にもよるが、弓から放たれた矢は三百～四百メートルぐらい飛ぶ。ちなみに戦国時代の火縄銃の弾は四百～五百メートルぐらい飛んだ。両者は飛距離の

点ではほぼ互角。ただ、命中率を考えると弓矢の方が上だった。

第二話　日田永季、出雲の小冠者と相撲をとること

ひたのながすえ、いづものこかんじゃとすもうをとること

豊後国日田《ひた》郡に住む日田鬼太夫大蔵永季《ながすえ》は怪力で知られ、延久三年（一〇七一年）、十六歳にして宮中の相撲節会《せちえ》に召し出された。

この時、出雲国からは稀代の剛力の持ち主が参加するとの噂を耳にした永季は、諸社に勝利を祈願した。

さて、上洛の途上の永季が筑後国大宰府にさしかかると、一人の童女に行き逢った。童女は、

「そなたは節会にて、古今卓絶なる怪力の持ち主に遭遇するであろう。その者は小冠者（小柄な若輩者）ながら力が強いばかりでなく、総身が鉄で出来ている。母親が生まれくる我が子の強健なるを願い、懐妊の時から鉄砂ばかり喰らっていたから。ただ、その母が誤って一度だけ甘瓜《あまうり》を口にしたことがあったので、息子の額の三寸四方のみは肉身となってい

る。よいか、その者との勝負の折には、乾《いぬい》の方角を目を向けよ。利益《りやく》を授けてやるほどに」

と託宣して、いずかたともなく飛び去った。

永季は奇瑞に涙し、さっそく天満宮に詣でて奉幣した。そして、日田郡大肥庄《おおひのしょう》を寄進の上で老松明神を勧請する旨を約してから、京へ上った。

さて、節会の当日。

永季はついに例の小冠者と手合わせした。

熱闘の最中、永季がふと我に返って乾の方角へ目をやると、虚空に過日の童女が現れ、右手で額を押さえて諭してくれた。

はっと心づいた永季が、隙をみて小冠者の額をはっしと打つと、そこだけは人肉ゆえに皮が破れ、小冠者の顔が血に染まった。

これには、さしもの小冠者も少しばかりひるんだ。

永季はその機を逃さず、小冠者をぐっと摑んで引き寄せ、目より高く持ち上げたかと思うと、渾身の力で地面へ叩きつけた。小冠者は五体が砕けて敗れた。

こうして永季は、日本一の大力との綸旨《りんじ》を賜って故郷に錦を飾った。そして起請の通り、大肥庄に老松明神を勧請した。

また、あわせて小冠者を破った己の等身大の像を造らせ、高城に安置した。これが後の福伝寺《ふくでんじ》である。

その後、永季は相撲節会に数度出場したが、一度も敗れることがなかった。

（『豊後日田事記』）

相撲…当麻蹶速《たいまのけはや》を負かした故事から、野見宿禰《のみのすくね》（『日本書紀』などに記された古墳時代の豪族）は相撲の神様として崇められ、全国の野見（あるいは野身）神社に祀られている。

第三話　室生の龍穴のこと《むろうのりゅうけつのこと》

大和国室生にある龍穴には、善達《ぜんだつ》龍王が棲む。

龍王は当初、猿沢池に棲んでいたが、天地帝の御代に采女《うねめ》の身投げがあったため、死穢《しえ》を避けて香山《かぐやま》へ遷った。

ところが、そこへも死骸を捨てる者があったので、今では室生へ越してきたのである。

さて、室生に賢俊僧都《けんしゅんそうず》という者がいた。龍王に直接拝礼したいと欲し、ある日、意を決して龍穴の奥へ三、四町（約四百メートル）ほど進んでみた。

そうしてしばらくの間、暗闇をやり過ごすと、急に青天の明るい所へ出た。そこには豪壮な宮殿がそびえていたので、軒下の石畳の辺りから覗くと、折しも珠簾が風で吹き上がり、室内が垣間見えた。

玉机《ぎょくき》が据えられ、上には法華経一巻が置かれていた。

しばらくすると、入室の気配がした。龍王であろう。声がした。

「そこに居るのは何者か」

賢俊が、

「怪しい者ではございません。ただ一度でよいからお姿を拝見したくて、ここまでやって参りました」

と答えると、

「此処での対面は叶わぬ。龍穴を出て、三町ほど進んだ所で待っておれ」

と告げられた。

そこで賢俊は急いで龍穴を出て、言われた場所でお出ましを待った。

しばらくすると、先刻の約束通り、龍王が姿を顕した。

但し、見えたのは衣冠を身に着けた上半身だけで、腰から下は水中に没したままだった。

そして、賢俊が拝跪すると、たちまちその姿はかき消えた。

賢俊は目の当たりにしたばかりの龍王のお姿を早速に刻して尊像を造り、社に安置した。

以来、雨乞いの際にはこの社頭で読経する。すると、たちまち龍穴の上空に黒雲がたなびき、ほどなく慈雨が降り注ぐという。


（『古事談』）

龍…頭はラクダ、角はシカ、目は鬼、耳はウシ、爪はタカ、手の平はトラ、背は魚の鱗という合成獣。龍の嫌いなものは、鉄、百足など。社会主義を標榜する中国で、皇帝の象徴の龍がいまだ人民の間で絶大な人気を誇っているのは、皮肉。

第四話　鵺が執心から馬に変じ、頼政に仇をなすこと《ぬえがしゅうしんからうまにへんじ、よりまさにあだをなすこと》

かつて源頼政は、禁裏に於いて鵺という怪鳥を射殺《いころ》し、武名を上げた。鵺の霊は頼政を深く恨み、駿馬に変化して頼政邸に飼われ、復讐の機会を窺っていた。
そうとは知らぬ頼政・仲綱《なかつな》父子はこの良馬を「木下《このした》」と名づけ、愛育していた。
やがて、平宗盛が木下に目をつけて仲綱に請うたが、仲綱は惜しんで与えなかった。
宗盛は恨めしく思い、後日の政変の折、仲綱を死に至らしめた。
なお、木下はこれを見届けると頓死した。宿怨《しゅくおん》を果たせたからであろう。

（『常陸志』）

馬…かつて人々は神に祈願する際、生きた馬を神社へ奉納した。ところが、馬を奉納するだけの財力・余力のない者も願いごとはあるわけだから、次第に生きた馬の代わりに馬の板絵を奉納するようになった。これが絵馬である。

第五話　源実朝は宋の鳫陽山の僧の生まれ変わりであること

みなもとのさねともはがんようざんのそうのうまれかわりであること

ある日の夕方、右大臣源実朝に夢告があった。

「汝は前世に於いては、宋の鳫陽山の僧侶であった。しかし今世では、源氏の将軍として生を享けている」

目覚めた実朝は一首詠んだ。

よも知らじ　我もえ知らず　からくにの
いはくら山の　薪こりしを
（『紀州志』）

（まさか自分が前世では、唐国の険しい峯で仏道修行に励む身であったとは、全く知らなかった）

源実朝…小野小町をはじめ雨乞いの和歌は多いが、鎌倉三代将軍・源実朝（一一九二年－一二一九年）には、請雨ならぬ止雨の和歌がある。「時により　すぐれば民の　嘆きなり　八大龍王　雨やめたまへ」。

第六話　吉田兼好の墓をあばいて祟りがあること
よしだけんこうのはかをあばいてたたりがあること

高師直《こうのもろなお》と対立した兼好法師は、伊賀守《いがのかみ》橘　成忠《たちばなのなりただ》を頼って伊賀国へ赴いた。そして、国見山の麓の田井という所で暮らしたが、やがて成忠の娘と密通した。齢十七、八の美しい女であった。

数年の後、兼好は同地で病没した。享年六十三歳。国見山に葬られ、塚の上には目印として松樹が植えられた。

最近になって、地元の者たちが塚を掘りかえしてみた処、六尺四方ほどの広さに幾多の刀がびっしりと埋められ、更にその下には大小の甕《かめ》が据えられていた。中には鏡が入っていた。

これらを見て皆は訝しがったが、時をおかずして変事が多発。兼好の祟りと慄いた人々は慌てて塚を埋め戻した。

（出典記載なし）

兼好…兼好（生没年未詳）は鎌倉時代後期から南北朝時代の歌人。俗名は卜部《うらべ》兼好。卜部家が室町時代に「吉田」と名乗ったこともあり、世間では「吉田兼好」の呼称が流布している。『徒然草』は中世文学の代表作のひとつ。

第七話　一条兼良公が元服の際、怪異があること《いちじょうかねよしこうがげんぷくのさい、かいいがあること》

一条兼良公が十二歳で元服なさった折、虚空から、

「さるの頭《かしら》に　ゑぼし着せけり」

と奇怪な声が響き渡った。

すると、これを聞いた兼良少年は急ぎ縁先へ走り出て、

「元服は　ひつじの時の　かたふきて」

と付句した。

兼良の顔が猿に似ているとの風評を踏まえ、もののけが、

「おやおや猿が頭に烏帽子を乗せてもらっているぞ」

と兼良の元服を茶化した処、

兼良は、

「元服の儀式を進めるうちに未の時は過ぎてしまい、申の時に及んでようやく烏帽子を着せてもらったよ」

と時刻の話柄に引っかけながら逆ねじを喰らわせたわけだ。幼少期から才気煥発であったことが分かる。

長じても博識で知られ、多くの著作を残した。


（『古今犬著聞集』）

一条兼良…一条兼良（一四〇二年‐一四八一年）は、「かねら」と俗称される。太政大臣・関白まで昇進した。一四七三年に出家。法名は覚恵《かくえ》。諸学に精通し、当代随一の学者として尊敬を集めた。著書は『公事根源《くじこんげん》』など。

第八話　石塔が人間に化けて子を産むこと《せきとうがにんげんにばけてこをうむこと》

大内義弘は京にいる時、玉屋という糸屋の娘と契り、帰国の折には本国へ連れ帰ろうとした。

しかし色々と差し障りがあったために断念し、

「後日、迎えをよこすから待っていてくれ」

と言い含めて、己一人で帰国した。

女は殊勝にも迎えを待ったが、月日が流れても使者は来ない。

女は懊悩の挙句、とうとう息絶えてしまった。両親は悲しみに打ちひしがれていたが、やがて出家した。

一方、そうとは知らぬ周防国山口の義弘の元には、かの京の女が訪ねて来た。

「恋しさのあまり、こうしてまかり越しました」

という女を見て、義弘は大いに驚き、

「女の身で遠い道のりをはるばるよくぞ来てくれた」

と言葉をかけるうちに恋情が再燃した。

二人はたちまち、往時以上に深い仲になり、やがて男児が産まれた。

さて、ちょうどその子が三歳になった頃、諸国を行脚していた糸屋夫婦が周防国へさしかかった。あちこち廻るうちに知人に出くわし、

「娘に先立たれたために、このような姿で諸国を歩いております。こちらのお殿様の様子がどうしても気懸りで、ついつい周防へ足が向いてしまいました」

とこぼした。

すつと聞いた相手は怪訝な顔をして、こう言った。

「そりゃ、おかしな話ですなあ。あなたの娘さんなら、数年前にお殿様の元へ訪ねていらして、幸せに暮らしておられますよ。男のお子さんも授かって、もう三歳になるかな」

夫婦と別れた後、その者はどうにもこうにも気になって仕方がないので、思い切って殿様へご注進に及んだ。

不審に思った義弘は糸屋夫婦を屋敷へ召し出した。

そして、奥の一間《ひとま》で衣《きぬ》を引き被《かず》いている妻に向かって、

「今、そなたの両親が来ておるぞ。早く顔を見せてやれ」

と声をかけた。

が、どうも様子がおかしい。

見れば、衣の下に妻はおらず、一基の五輪塔が据わっているだけだった。

義弘は妻の正体を知って驚き憐れみ、懇ろに菩提を弔ってやった。

ちなみに、残された息子は立派に成人し、石丸某《なにがし》と名乗った。石丸氏の祖である。

（『古今犬著聞集』）


石塔…仏舎利を安置するために建造されるのが仏塔である。当初、インドでは土饅頭、塚だったが、世界各地に伝播するうちに塔の形式が生み出された。三重塔、五重塔、多宝塔など様々な種類がある。石塔は、そのうちの石造のものをいう。

第九話　芦名盛氏は僧の生まれ変わりであること

あしなもりうじはそうのうまれかわりであること

奥羽伊達《だて》郡に、菖蒲沢の上人という僧がいた。

上人は、仔細あって芦名盛舜《もりきよ》の四人の家老、すなわち松本・平田・佐藤・冨田を深く恨み、

「来世では会津の君主に生まれ、あの四人の者どもを臣従させてやろうぞ」

との誓願を立て、ほどなく死没した。

そして後年、一念が天に通じたとみえて、盛舜の子・盛氏として生を享けた。

なお、その転生は、以下のような顚末であった。

ある時、廻国の白拍子《しらびょうし》が会津にやって来た。

盛舜はひと目見てその女に魅せられ、寵愛した。

ある夜、女の夢枕に一人の僧が現れ、

「転生のため、腹を貸してもらいたい」

と請うた。女が応諾すると、たちまち孕んだ。

盛舜は女の守役《もりやく》に家老の冨田を指名した。

実は少し前、冨田の夢枕にも僧が立ち、

「そちはほどなく、孕んだ女の世話役に任じられるぞ」

と告げていたので、冨田は薄気味悪く思った。

やがて月が満ち、無事に男児が出生した。

男児は四、五歳の頃から異様に才気煥発で、四人の家老たちは恐れをなしていた。少年は元服して盛氏と名乗った。そして、近隣諸国にも武名が轟く傑物となった。


（『会津四家合考』）

白拍子…平安時代後期頃に登場した歌舞ないしその歌舞を得意とする芸人をいう。起源は仏教の声明《しょうみょう》といわれ、男装の美しい遊女が唄い踊って、貴顕衆俗の人気を集めた。歌舞伎舞踊『京鹿子《きょうがのこ》娘道成寺《むすめどうじょうじ》』の主人公花子も白拍子。

第十話 芦名盛隆が死ぬ前、怪異があること《あしなもりたかがしぬまえ、かいいがあること》

芦名盛隆氏の養子三浦介盛隆《みうらのすけもりたか》は一羽の優れた鶏《はいたか》（鷹の小型種）を秘蔵していたが、ある時、この鶏が一度の飛翔で鴨二羽を一挙に捕らえた。

これを見て、

「あの鶏は稀代の傑物だ」

と単純に誉めそやす者がある一方、

「体の小さな鶏が自分よりも大きな獲物を、しかも二羽も同時に仕留めたというのは、小が大を制するという悪しき予兆ではないか」

と憂慮する者もあった。

しばらくして、主君盛隆氏は鶏狩の最中、家臣たる大庭《おおば》三左衛門の手にかかって斬り殺された。

（『会津四家合考』）

鷹狩…鷹狩には二種類ある。兎、鶴、雉など比較的大きな鳥獣を捕らえるものは大鷹狩、雲雀や鶉《うずら》など小鳥を狙うものは小鷹狩といった。前者は冬季、後者は秋季に行った。

巻之三

第一話　人面瘡のこと

じんめんそうのこと

幸若舞《こうわかまい》の芸人 八郎が語った処によると……。

昔、上洛の途上、木曽路にさしかかると、どこぞの下人らしき男が待ちかねたように走り来て、こう言い掛けてきた。

「ようやくお目にかかれました。ここをお通りになるのを、この数日、今か今かと待ち侘びていたのでございます。私がお仕えする御方は、奇病に罹られて禄を辞し、もう二十数年もこの近くの森の中で暮らしておられます。最近、とみに体力が衰え、死期が近いと悟られているようです。そんな時、あなた様が上洛の途上にこの辺りを通られるとの噂を耳になさいまして、『今生の思い出に、一度でよいから幸若殿の芸を拝見したいものだ』と願われ、是が非でもお越し頂くようにと、私を差し向けられたのでございます。どうぞ病人を哀れと思召《おぼしめ》して、私どもの屋敷までご同道下さいませ」

道不案内な山中で見知らぬ者にいきなりこう誘われ、うかうか信じてよいものか躊躇したが、病人の頼みとあれば無下にも断れない。

「ええい、ままよ」

と運を天に任せて、その男について行った。

しばらく森の道を進み、案内されたのは草葺きの屋敷だった。

大勢の家臣が出入りしている処を見ると、主は相応の身分の者のように思われた。

さて、目通りの叶った屋敷の主は、五十歳くらいの青ざめた顔の男で、髪を長く伸ばし、ひげをたくわえていた。夜着をはおり、炬燵《こたつ》によりかかりながら、

「ご覧の通り病み衰え、もはや命も今年限りかと嘆いていた処、そなたが陽楽なさると伺い、死に土産に是が非でもひと節、拝聴せねばと思い立った次第。よくぞ来て下された」

と言い、こう言葉を継いだ。

「まずは私の身の上からお話しせねばなりますまい。それがしは元は武士で、相応の禄を頂戴して豊かに暮らしておった。二十歳頃には、正式な妻こそないものの、妾は一人傍に置いていた。

ところが、この妾が異常なまでに疑り深くて嫉妬深い。少しのことでも直ぐに激昂して立ち騒ぐ。そんなある日、あまりにくどいものだから、こちらも腹に据えかねて、手にした扇で思わず二、三度打った。けれども相手はひるむどころかますます逆上し『扇なぞで打たずとも、いっそ刀を抜いてお斬りになればよろしい。さあ、お斬りあそばせ。すっぱり斬って頂きましょう』とこちらを煽りたてたものだから、私も頭に血が上り、脇差を抜

いて妾の首を打ち落としてしまった。

首はごろりと畳へ転がったが、こちらを向いた時の顔色は生きていた時さながらで、しかもにたりと笑ったのには驚かされた。

さて、その後、弔いを済ませたのだが、その夜に全身が火照り、股にぽつりと腫物ができたかと思うと、見る見るうちに大きくなった。そして、盛り上がったその腫物の形は、殺した妾の顔に生き写しだった。腫物には髪も生え、目鼻・口が具わり、笑うと口中にはお歯黒がのぞいた。これこそ世にいう人面瘡なのでしょう。

刃物で削っても、その日のうちには元通り生えてくる。加持祈禱も薬石も全く効かない。あれこれ手を尽くしても駄目だった。

そうこうするうちに心身共に憔悴してお勤めもままならず、この森に隠遁して二十数年を過ごしているというわけだ。

今生でこれだけの懊悩に遭っているのだから、来世を思うと空恐ろしい。せめてもの思い出にそなたの芸を堪能して、最期の時を待とうと思う」

そこで、涙にくれる男を前に私は夜更けまで精一杯、舞い語った。

さて、私が芸を披露し終わると、男は、

「そなたの素晴らしい芸のお蔭で、積年の憂さがようやく晴れた気がする。かたじけなや」

と謝した。

そして人払いをしたかと思うと、

「芸のお礼と申すのも変だが、これも何かの縁だ。とくご覧あれ」

と、夜着をいきなり引きのけた。

その下には、確かに女の顔があった。しかも男の言った通り、不気味な笑みを浮かべていた。

その後、私は男の従者十人ほどに送られて街道へ出た。

あれから随分、年月が経った。あの屋敷をいつか再訪しようと思いながら、いまだ果たせていない。男は最早、死没しているかも知れない。


（『怪異雑記』）

人面瘡…江戸時代前期の軍記物語『後太平記《ごたいへいき》』は、応仁の乱の東軍の主将・細川勝元の奇病を記す。勝元の全身にできた悪性の腫物に医者が鍼を刺すと、刺し痕が目と口へ変じて人面瘡となった。人面瘡はものを言ったという。

第二話　古い石塔が祟りをなすこと《ふるいせきとうがたたりをなすこと》

延宝年間（一六七三〜一六八一年）、奥州二本松の薬研屋《やげんや》久心《きゅうしん》という男が、作庭にあたり、正念寺《しょうねんじ》の山の苔むした石塔を取り寄せて建てた。

すると、たびたび悪夢に悩まされるようになった。

ある日の昼間、うたた寝していると、十八歳くらいの女が怒気を帯びた顔つきで夢枕に立ち、

「長年住み慣れた地から突如引き離され、ここへ連れて来られた。お前のせいだ。恨めしくてならぬ」

と言いながら、睨みつけてきた。

久心は怖ろしさで胸が締めつけられ、もだえ苦しんだ。

傍らにいた人が見かねて揺り動かすと、久心ははっと目覚めた。

起き上がって夢の様子を話すと、聴いていた古老が言うには、

「『八十年程前、正念寺の山の辺りには畠山重次《はたけやましげつぐ》という御仁が住んでいた。その娘が齢十八で急逝したので塚を築いて葬った』と、うちの両親がよく話してくれた。あの古い石塔

はその塚のしるしだろう。早く元の場所へ戻した方がいいぞ」
そこで久心は直ちに言われた通りにした。
すると悪夢は止んだという。

（『古今犬著聞集』）

夢…オーストリアの心理学者ジークムント・フロイト（一八五六年－一九三九年）の著書『夢判断』は一九〇〇年に出版された。初版は六百部で、全部売れるのに八年かかった。

第三話　高野山に登った女人が天狗に捕まること《こうやさんにのぼったにょにんがてんぐにつかまること》

寛文六年（一六六六年）五月二十日、越後国から女の巡礼者がやって来て、高野山へ登った。途中で行き会った者に、
「この山は女人禁制だ。帰れ」

と追い返されたが、巡礼は執拗に立ち戻って来た。そんなことが三度も続いた。そして、夜の闇に紛れたものと見えて、遂には山へ登り得た。

さて翌朝。

谷ふたつ隔てた山にそびえる巨松の枝に、その巡礼の死骸がぶら下がっているのが見つかった。

哀れに思った村人が遺骸を樹上から下ろし、懇ろに葬ってやった。

ところが、翌朝には遺骸はまたしても樹上に掛かっていた。不審に思いつつ下ろして葬ったが、翌朝にはまたしても遺骸は樹上にあった。

こうしたことが数度繰り返される間、高野山は凄まじい風雨に見舞われ、山道もところどころ崩落した。おそらくは天狗の仕業であろう。

ともあれ、ほどなく噂を聞きつけた法性院《ほっしょういん》が供養を買って出た。

すると、遺骸をめぐる怪異は鎮まった。


（『古今犬著聞集』）

天狗…天狗には大天狗と小天狗の二種がある。大天狗になると、瑪瑙《めのう》に似た赤い宝珠を得る。これを目にあてると三千世界を見通すことが出来るし、耳にあてれば三千世界の何事も聞き逃すことがない。

第四話　節木の中の子規のこと《ふしきのなかのほととぎすのこと》

冬のある日、信州高遠に住む男が下僕に薪を伐らせていると、節木（節があって中が空洞になっている木）の中から子規の死骸が見つかった。

男はこれを箱に入れておいたのだが、雑事に取り紛れてそのことをすっかり忘れていた。やがて翌年三月末頃になって、男が何気なく箱を開けると、死んだものと思っていた例の子規は元気いっぱいに羽ばたき、瞬く間に飛び去って行った。

ここから察するに、子規という鳥は、秋から翌春までは節木の中に隠れているらしい。

思えば子規は、俗に冥土に通う鳥とも評されるが、これは節木の中から飛び出て来る様子を、一種の甦りと捉えたからかも知れない。

（『古今犬著聞集』）

子規…「目には青葉　山ほととぎす　初鰹」（山口素堂《やまぐちそどう》［一六四二年－一七一六年］）の名句にもある通り、日本人は昔から子規の初音を愛でてきたが、正直、その鳴き声は美しいとは言い難い。鶯の鳴き声と聴き比べてみれば明らか。

第五話　猫が人間を悩ますこと《ねこがにんげんをなやますこと》

筑後国に住むある侍の屋敷では、怪異が頻発した。

夜になると、手毬《てまり》大の怪しい火の玉が畳の上三寸ほどの空中にぽっと現れる。火の玉は、人が見つけて捕らえようとすると飛び回って逃げるし、時には隣家の庭の榎木に幾つも登り上がった。

やがてこのことが国じゅうの噂になり、火の玉をひと目見ようと、大勢の老若男女が夕方時分から屋敷につめかけることも珍しくなかった。

ただ、怪異はそれだけにとどまらず、屋敷に奉公する下女たちにまで及んだ。日頃使っている糸車がひとりでに回り始めたり、就寝中、西枕が東へ、南枕が北へ知らぬ間に動かされたりした。

侍の妻女はいたく怯え、山伏を呼んで加持祈禱を厳修してもらい、授かったお札も貼ってみたが、効果はなかった。

なお、侍自身は当初は我関せずという様子で、怪異など全く気にしていなかった。しかし、行く先々で大勢の人に根掘り葉掘り訊ねられるうちに段々と腹が立ってきて、遂には、

「こうなったら、怪異の正体を突きとめてやるぞ」

と堅く心に誓っていた。

さて、そんなある日。

侍が庭に出て、ふと屋根の上を見やると、年長《とした》けた猫が下女の使っていた赤手拭いをかぶり、後ろ脚二本で立ち、前足を手のように額にかざして、四方を眺め回していた。

侍は、

「千載一遇の好機到来」

と喜び、急ぎ半弓《はんきゅう》に矢をつがえると、狙いすまして、ひょうと射た。

すると、矢は見事、猫に突き立った。

猫はどうと倒れ、二、三度転げ回ったかと思うと、己を射抜いた矢を散々に嚙み折り、ほどなく絶命した。

屋根から引きずり下ろしてみると、体長は五尺ほどで、尾が二股に裂けていた。

これ以降、例の怪火の出現は止み、下女たちの暮らしにも平穏が戻った。


（『思出草』）

猫…「犬は人につき、猫は家につく」という。犬に比べ、猫は人間への依存度が低い、放し飼いだから縄張りや近隣の餌場等への執着が強くなる。だから飼い主が転居しても、飼い猫は元の家へ戻りがち。つまり「家につく」のだ。

第六話　親不孝な女が天罰を蒙ること《おやふこうなおんながてんばつをこうむること》

武蔵国戸田村に住む老母には、娘が二人いた。

姉甲は二十数歳で婿をとり、妹乙は十八歳で老母と同居していた。

ある日、乙が老母をさんざんに打った挙句、

「ああ、くたびれた」

と昼寝をきめ込んでいると、俄かに空がかき曇り大雨が降り始めた。

とその刹那、雷神が乙の上へ落ちかかるとその身体を引っ摑み、そのまま虚空へ連れ去ってしまった。乙の姿は跡形もなくなった。

ところが……。

乙への天罰を目の当たりにしてもなお、甲は親不孝な言動を改めなかった。ろくろく食事も与えず、ひたすらつらく当たった。

見かねた婿は、

「酒を買って来てくれ」

と用事を言いつけて甲をわざと外出させ、その隙に義母に食事を摂らせた。けれども運の悪いことに、甲が思いのほか早く帰って来てしまった。

当然、母はまだ食べ終わっていなかった。

甲は謀《はか》られたと知って激怒し、母に走り寄って食物を奪い取り、皿や椀を蹴散らした。母はあまりの仕打ちに耐え切れず、家から走り出ると、庭の井戸へ身を投げた。

驚いた婿は、義母を救おうと井戸の中へ梯子を下ろした。

一方、甲は、

「馬鹿なことをするもんだ」

と言いつつ、ひょいと井戸を覗き込んだ。

とその刹那、誤って中へ落ちてしまった。

すると、忿怒《ふんぬ》と恨みにより半身が蛇と化していた老母は、後から落ちてきた甲の身体にまといつき、ここぞとばかり絞め殺したという。

正保年間《しょうほう》（一六四四〜一六四八年）に起きた惨事である。


（『古今犬著聞集』）

親／親心《おやごころ》…「いま捨てる　子にありたけの　乳《ち》を飲ませ」やむにやまれぬ事情で捨てねばならぬが、やはり我が子は可愛い。今から捨てる申し訳なさもあり、これが最後とばかりに存分に乳を飲ませるのが、親心というもの。

第七話　紀州真名古村に今も蛇身の女がいること

きしゅうまなごむらにいまもじゃしんのおんながいること

紀州日高郡真名古村は、かつて真名古《まなご》庄司《しょうじ》が住んでいた場所である。

この村の住人は蛇の子孫といわれていて、近隣の村落は通婚を避けていたので、仕方なく血族の中で婚姻関係を結んでいた。

この地では昔から蛇身の女が必ず一人生まれており、それは今も変わらない。その女は容色優れ、黒髪は長く伸びて地面に届くほどであった。

毎年五月の梅雨時分になると、女の黒髪は鳥黐《とりもち》を塗ったようにねっとりと絡み合いもつれ合って、櫛が通らぬほどであった。

ところが、梅雨が明け、村の小川の水で洗うと、嘘のようにさらさらの美しい髪に戻るのであった。

なお、この蛇身の女は生涯伴侶を持たない。

（『古今犬著聞集』）

蛇…田舎でよく見かける蛇といえば青大将。人家や納屋の天井裏に棲みつき、好んで鼠を喰ってくれるので、家屋や作物の守り神として大事にされ、見つけても殺さないばかりか、手を合わせて拝む人も珍しくなかった。

第八話　殺生《せっしょう》した罪《つみ》の報《むく》いが我《わ》が子《こ》に及《およ》ぶこと

伊勢国日永村の六左衛門という男が、ある日、狐を捕らえたが、翌日が親の命日であることをふと思い出し、それに免じて逃がしてやろうとした。

すると傍にいた庄三郎という者が、

「ならば俺がもらうぞ」

と言うが早いか、六左衛門から狐をひったくり、耳と口をむんずと握って裂き殺してしまった。

それからしばらくして庄三郎の妻女が出産したが、子は耳が裂け口が歪んでいた。寛文十二年（一六七二年）の出来事である。

また、尾張国熱田近くに住む某は、ある時、鳫《がん》を捕まえ籠に入れたが、外出中に鳫が籠から逃げ出してしまった。

これに気づいた妻女は鳫を捕らえ、総身の羽毛をむしり、足をもいで殺してしまった。

妻女はほどなく出産したが、子は肩骨《かたぼね》こそあったが両腕がなかった。

（『古今犬著聞集』）

殺生…狩りに明け暮れる隋の将軍の七歳の愛娘が行方不明に。手分けして捜した処、家から三十余里も離れた草叢《くさむら》にいた。屋敷に連れ戻された彼女は人語を発さず、兎そっくりの叫び声を上げ、食物も水も口にせずほどなく死んだという。

第九話　人の背中から虱が出ること

ひとのせなかからしらみがでること

下総《しもうさ》国の者がこう物語った。

私の生国には、実に変わった病で亡くなった者がいます。それは牧《まきのなにがし》某という人の妻女で、年は三十くらいでした。ある日、妻女は背中に強烈な痒みをおぼえました。下女を呼んで掻かせましたが、おさまりません。夫が、

「男の力で掻けば……」

と下女に代わって少し力を込めて掻くと皮膚が破れ、生じた穴から虱がばらばらとこぼれ出てきました。

妻女は驚き、

「これは尋常なことではないわ。この際、思い切って剃刀で裂いてみてくださいな」

と頼みましたが、夫は、

「それは名案とは思えないな」

と躊躇《ためら》いました。

ところが、いらいらした妻が、

「もう結構です。背に手を回して自分で切ってみるから」

と言って剃刀を持ち出したので、夫はしぶしぶ承諾し、例の穴の辺りを試しに少しだけ切ってみました。

すると、その切れ目を中から押し破るようにして、夥《おびただ》しい量の虱が湧き出てきました。畳に落ちたものを箒で掃き集めてみたら、一升余もあったといいます。

さて、しばらくして虱が出尽くすと、妻女は眠るように息を引き取ったそうです。いったい何の病気であったのか、誰にも分かりません。


（出典記載なし）

虱…古代エジプト人は日常的に虱に悩まされていたので、男女を問わず頭髪を剃っていた。つまり、壁画などでお馴染みの彼らの独特の髪形は、カツラによるものなのだ。

第十話　出雲国松江村の穴子のこと《いづものくにまつえむらのあなごのこと》

ある時、但馬国の者が出雲の土産話をしてくれた。

「所用で出雲へ出向いた時、『松江という村には、穴子と呼ばれる童がいる』という噂を耳にしました。

何でも、その子がまだ母親の腹の中にいる時、母親が急死してしまったそうです。夫は嘆き悲しみ『あまりに名残り惜しいから、すぐには葬らず、二、三日、遺骸をそばに置いておきたい』と言い立てましたが、親類縁者が『遺骸を長く家にとどめておくなどもってのほか』と猛反対したので、結局、ほどなく土葬にされました。

夫は妻女とおなかの子どもを恋しがって、それから三日三晩、埋葬した塚の上で寝起きしました。これを見た人々は『可哀相ではあるが、生死の定めはどうしようもない。未練がましいにもほどがある』と陰口を叩きました。

ところが……。

三日目の晩、塚の中から赤子の鳴き声が聞こえて来ました。

上で寝ていた男は、

『さては……』
と急いで家へ駆け戻り、鍬を手にして塚まで戻りました。
そして、狂ったように塚を掘り返したのです。
すると、埋められていた女房は息を吹き返しており、赤子も無事に産まれていました。
男は大喜びで妻子を家へ連れ戻りました。
それからというもの、妻は壮健に暮らし、子どももすくすく成長しました。
穴の中で生まれた故、人々はその子を穴子と呼ぶのです」

（『怪事考』）

穴…人の一生は、穴から生まれ、穴へ還る。ところで、昔のフランスの田舎では、死体の全ての穴を糸で縫い閉じてから埋葬した。死んで肉体から抜け出た霊が、戻って来て死体の穴から中へ入り込み、死体が起き出すのを防ぐためだった。

第十一話　龍が屋敷から昇天すること

りゅうがやしきからしょうてんすること

寛永年間（一六二四〜一六四四年）のこと。

豊前国小倉の侍某が、ある夏の日、庭に打ち水をしてから縁先に腰掛け、ぼんやりと夕涼みをしていた。

すると、少し離れた所にある竹垣に、一尺ほどの小蛇がするすると這い上るのが見えた。小蛇は垣のいちばん上の竹に至りつくと、先端で五、六寸伸び上がったかと思うと、ぽとりと地へ落ちた。

ところが、小蛇はまたしても垣の上まで登り、竹の先でまた伸び上がる。そしてまた落ちる。けれども、諦めずにまた登る……。

そんなことを四、五度繰り返すうち、空には黒雲が立ち込め、大雨が降り出した。小蛇はなおも竹の先で身体を伸ばしたが、今度は思い通りにいったものか、身体が竹から離れて、一尺ほど虚空に登り上がったかに見えた。

とその途端、異様なまでの暴風雨が辺りを襲ったので、某はたまらず家へ入り、雨戸を閉じたてた。

しばらくすると、それまでの雷鳴や風雨が嘘のようにからりと晴れあがった。

すると、近隣の屋敷から使者がやって来た。

そして、

「そこもとのお屋敷から、先刻、龍が昇天したようですが、ご家族も含め、大事はございませんか」

との見舞いの口上を述べた。

後日、隣人たちが語った処によると、

「風雨が激しくなった折にふと見やりますと、あなた様のお屋敷の上空は黒雲で覆われておりました。やがて一間余（約一・八メートル）の何ものかがひらひらと空へ上がり、次第に大きくなりまして、地面から十間ほど上がった頃には、四、五間ほどにも成長しておりましたでしょうか。すると、黒雲が垂れさがってきて、そのものを巻き上げてしまったのです。」


（『豊前国人物語』）

龍骨《りゅうこつ》…十八世紀末になっても、中国人の一部は龍の存在を信じていた。だから、たまたま古い動物の骨が出土するとそれを龍骨と呼び、マラリアの特効薬として珍重した。当然、それにつけこんで大儲けした輩も沢山いた。

第十二話　大蛇を殺して祟りに遭うこと

だいじゃをころしてたたりにあうこと

伊予国宇間郡龍池《りゅうのいけ》にある庄屋・龍池忠衛門の屋敷は、大昔、龍が棲んでいた淵を埋めて建てたのだという。その名残りか、今でも三、四尺四方の水たまりがあって、常に水を湛えている。

さて、寛永十五年（一六三八年）七月十五日、在所の者たちが嘉例《かれい》に従い、忠衛門の屋敷の庭で踊りの宴を催していた。

が、忠衛門は何やら妻女と言い争いをして、宵の口から奥の座敷へ引っ込み、ふて寝をきめ込んでいた。八歳になる子も一緒だった。

ところが、しばらくすると子がわっと泣き出した。

見れば、何かは分からぬが異形のものが、子の片腕を呑みにかかっていた。

忠衛門は相手の喉とおぼしき箇所を両手で握りしめつつ助けを呼んだが、庭では踊りの真っ最中で、皆の耳には入らない。

忠衛門がなおも叫び声を上げげると、ようやく気づく者があって、大勢の踊り子たちや見物衆が座敷へ駆けつけた。

そして、短刀や脇差などで怪物を切り刻んだ。

こうしてようやく仕留めてから確かめてみると、怪物の正体は大蛇だった。胴の太さは、臼ほどもあった。

不思議なのは、これだけの大蛇がどこからやって来たのかということだった。

人々が調べてみると、座敷の脇に蚯蚓《みみず》がようやく出入りできるくらいの小さな穴があった。しかも、例の水たまりの周囲の砂地には、細長いものが這い進んだ跡が残っていた。

この水たまりから這い出たごくごく小さなものが、みるみるうちに大蛇へ変じたのだろうと、人々は噂した。

この一件の後、忠衛門は患って死に、やがて兄弟従兄など一族七十余人がことごとく変死した。奇異なことである。


（『古今犬著聞集』）

大蛇…大蛇が街道で大口を開けて、獲物を待つ。ほどなく飛脚が走って来た。飛脚は大蛇の口中へ駆け込んだかと思うと、腹の中を抜け、尻の穴から外へ出て、走り去った。大蛇曰く「ええい、褌《ふんどし》を締めてくれればよかった」。

卷之四

第一話　女の生霊が蛇となって男を悩ませること

おんなのいきりょうがへびとなっておとこをなやませること

阿波国の二宮某は、薩摩へ下る途中、日向国にさしかかった処で日が暮れてしまった。そこで一夜の宿を請うたが、日向国では他国の者に宿を貸すのはご法度であるとして、どの家でも断られてしまった。

今宵は野宿かと諦めて去ろうとした矢先、ある家に呼び戻された。あまりに不憫なので、やはり泊めてやろうというのであった。

請じてくれた者は、

「本来なら主が出迎えねばならぬのですが、病で叶いません。奥の部屋におりますので、逢ってやって下さいませ。そして、都の珍しい話でもご披露頂けましたら幸いです」

と言う。

案内されるままに部屋へ通されると、そこには夜着を身に纏った青白い顔の男がいた。

男は苦しげに息を継ぎつつ、

「今宵、あなたをお泊めするのは、半分はあなたのため、もう半分は私自身のためです。というのも、旅の御方に私の病の有様をご覧頂き、『世間にはこのような不思議もあるのだ』ということを知って頂きたいからなのです」

と言いざま、首筋に巻いていた衣《きぬ》を剝いだ。

見れば、男の首には、細い蛇が二匹、頭を並べてしっかりと巻きついていた。その不気味さといったらない。

某は驚き、

「このような奇怪な病は今まで見たことも聞いたこともございません」

と、しどろもどろに話した。

その折ふと気づけば、男のそばには十八、九歳と思しき女が二人坐して、双六遊びに興じていた。

それに目をやりながら、男は話を続けた。

「私の首に巻きついた蛇どもは、この女たちの執心の化身なのです。一人が怒れば片方の蛇が首を締め、二人とも怒れば両方の蛇が揃ってぐいぐいと締めあげる。その苦しさは言葉では言い尽くせません。

ともあれ、今宵は思わぬご縁で、こうしてあなたとお話しが出来てよかった。ついては……」

と言って、男はそばにあった槍を取って某へ差し出し、

「己で申すのもおこがましいのですが、この槍は、当家の先祖が武功の褒美に主君から拝領して以来、代々家宝といたしておるものです。これを形見としてあなたに差し上げます。私の命はそう長くはもちますまい。この槍を金に換え、私が死にましたら、どうか回向の代《しろ》として下さい」

と懇願した。

翌朝、某は屋敷を出発して薩摩へ向かった。

そして、しばらくの後。

薩摩からの帰路、気になった某が例の屋敷を再訪してみると、あったはずの屋敷は跡形もなくなっており、一帯は大きな淵となっていた。

不審に思って村人に訊ねてみた処、

「おっしゃるお屋敷なら、淵の底に沈んでしまいました。あなたが出立されて三日ほど後、この一帯を地震と豪雨が襲い、屋敷は大水に呑み込まれてしまったのです。屋敷の人たちも誰一人助かりませんでした」

と話してくれた。

（『古今犬著聞集』）

生霊…生霊は、生者の恨みや妄念が肉体を抜け出たもの。つまり霊が還るべき肉体がある。これに対し、死霊（幽霊）は死者の霊であり、肉体は滅んでいる。どちらにせよ、つきまとわれると厄介だ。

第二話　下総国の鵠の巣のこと《しもうさのくにのこうのとりのすのこと》

昔、下総国の某社があり、社殿の上には大樹が枝葉を茂らせていた。

その樹上には、数年前から鵠が巣を作って棲みついていた。

捕まえてきた亀や蛇などを巣で喰うものだから、骨や喰いさしがその都度、ばらばらと社殿へ降り注いだ。あまつさえ糞尿も垂れかかった。

それ故、社殿は汚れ、見苦しい限りだった。

ある時、見かねた氏子たちが社殿の前に参集し、

「この社殿には本当に神様がおわすのか。鵠ごときに日々糞尿で穢されながら、なおも神罰を下さぬとはどうしたことか」

と怒りをあらわにした。

と、その夜。

ある者が神がかりになって言うには、

「我はかの社の祭神なり。昼間、氏子どもの申したこと、至極もっともである。かくなるうえは、某月某日、我は憎き鵠どもを罰してやるほどに、皆は社殿に集い、その様をとくと見聞するがよい」

この託宣の噂は瞬く間に広がり、問題の日には近郷近在から大勢の者たちが社までやって来て、祭神の顕現を待った。

やがて巳《み》の刻になると、社殿の中から八尺ほどの白蛇が現れ、長く赤い舌をひらめかしながら大樹を登って行った。

人々は、

「ご祭神の化身だ。今から樹上の鵠を退治なさるのだ。尊いことだ」

とうち騒ぎ、拝礼した。

さて、巣の中には番《つがい》の鵠がいたが、大蛇が幹の半ばまで登って来た頃、それに気づいた。ところが、二羽は逃げ惑うどころか、明らかに嬉しそうな様子で巣を離れ、白蛇に飛びかかっては、鋭い足爪で頭を何度も蹴り裂いた。

それればかりか、白蛇を咥えて社殿の上まで運び、二羽でさんざんに喰い荒らした。そうこうするうちに白蛇は骨ばかりとなってしまった。

人々はこの光景に啞然としたが、

「今までのご祭神はこのざまだ。これからは鵠を神と崇めよう」

と口々に言い立て、新しい社殿を造って鵠を祀った。土地の名も「鵠巣《こうのす》」と改めた。

（『異神記』）

鵠…西欧の伝承では、鵠は夫婦のもとへ赤ん坊を運んでくる幸運の鳥と見做されているが、正しくは本種ではなくシュバシコウである。なお、韓国の俗伝では、コウノトリは必ず三個の卵を生み、うち一個の雛はツルになるという。

第三話　甘木備後、三河国鳳来寺の薬師如来のご利益を得ること

あまきびんご、みかわのくにほうらいじのやくしにょらいのごりやくをえること

出羽国庄内の住人・甘木備後は年来、三河国鳳来寺の薬師如来に深く帰依し、一度でよ

いから直接参拝したいものだと念じていた。

ある年、ひょんなことで上洛することになり、その途上、宿願叶って鳳来寺に詣でた。

その折、御堂の中で奇妙な男を見かけた。

傍らに小さな葛籠《つづら》を置いているところをみると、どうやら行商人らしかったが、仏前に鮮やかな色柄の小袖を広げて、一心不乱に祈っている。

近づいてよく見ると、その小袖は確かに我が妻の物であった。

不審に思って問い質してみた処、男は、

「私は薬の行商で世渡りしております。過日、奥州を廻った折、出羽の庄内にて、あるお屋敷にお邪魔しました。どうやら屋敷のご主人は留守のようで、家老と思しき男性に案内されて奥へ入ると、部屋には年若い奥様とお妾《めかけ》様がおられました。ところがそのお三方が、揃って私に毒を売ってくれとおっしゃるのです。無論、毒をみだりにお売りするわけにもいかず、『持ちあわせておりません』とお返事しましたが、あくまで拒むとこちらの命を取られそうな様子でしたので、不承不承、お売りしました。するとお三方は大層喜ばれ、大金をお支払い下さったばかりか、褒美と称してここにある小袖まで授けて下さったのです。あの時は己の命が危うかったとはいえ、罪深いことをしてしまったと今更ながらに後悔しております。ですので、後世の仏罰を逃れるため、こうしてご仏前で懺悔しているのでございます」

と涙ながらに語った。

　備後は、

「この男が言う屋敷とは、紛うことなく俺の家のことだ」

と愕然としたが、知らぬふりをして平静を装い、

「聞けば聞くほど、すさまじい話ですなあ。それにつけても、その小袖は出処《でどころ》が出処だけに、故郷の土産には相応しくないように思われます。ここでお目にかかったのも何かの縁です。私へお売り下さい」

と言いくるめて、小袖を買い取った。

　その後、備後は、不思議な巡りあわせを仏に感謝して夜通し読経したが、ついうたた寝してしまった。するとその夢枕に老僧が現れ、

「汝の長年の信心と今回の参拝は、実に奇特なことだ。その殊勝さに報ずるため、大事なことを教えてやろう。帰郷して家で酒を出されても、うかうか呑んではならぬ。まさしく毒酒じゃ」

と告げた。

　翌朝、はっと目覚めた備後はあまりの有難さに随喜《ずいき》の涙を流しつつ御堂を去り、帰国し

た。

　さて、帰宅すると妻女は満面の笑顔で出迎え、あれこれご馳走を出してくれたうえで、

「あなたのお好きなお酒を取り寄せておいたわ。さあ、存分に呑んで頂戴」

と酒を勧めた。

　備後は、

「お告げの毒酒とはこれのことか」

と心づいて口はつけず、代わりに膝元にいた猫の口へ注いでみた。

　すると、猫はすぐさま仰向けになって頓死した。

　次に備後は家老を呼び出し、

「お前、この酒を呑んでみろ」

と勧めた。

　家老は、

「最近、腹の調子が悪いので、お赦しあれ」

とむずがったが、備後は聞き入れず、

「腹の具合がどうであれ、貴様には呑んでもらわねば困るのだ」

と責め立てた。

進退極まった家老はすっくと立ちあがるや逃げ出した。備後はすかさず追いかけて斬り殺した。

それから妾に縄を打って押し込め、妻女の親兄弟を屋敷へ呼び出して、事の仔細を語って聞かせた。猫の死骸が動かぬ証拠だった。

備後が彼等に、

「この者は当家には置いておけぬ。一刻も早く連れて帰られよ」

と言い渡すと、妻女は、

「しめた。斬られぬうちに早くこの場を去ろう」

とばかりに走り出た。表で待つ駕籠へ乗り込もうとしたのである。

とその時、妻女の弟が後ろから駆け寄って、姉のもとどりを捕まえて地面へ押し伏せ、すらりと抜刀すると一気に刺し殺した。

それから備後の方へ向き直り、

「姉の不義は言語道断で、申し開きが出来よう筈もございません。今後はどうか、私の妹を妻にしてやって下され。姉のような不義は決して働きませぬ」

と言い掛けた。

その形相や目つきには、拒まれたら相手と刺し違える覚悟が看て取れたので、備後も感

服して、

「お申し出の通りに致そう」

と応諾した。

弟は早速、屋敷から妹を呼び出し、姉の遺骸を見せて、

「不義の女子の最期はかくの如し」

と教え諭した。

備後の屋敷では、この一件の後、あまり日をおかずして婚礼が執り行われたが、例の姉の遺骸はその準備や人の出入りに紛れ込ませる恰好で、人知れず屋敷の外へ運び出され、埋葬された。かの弟の才覚であった。事情を知る者たちは、

「只者ではないわい」

と感心した。

事が落着してから、備後は鳳来寺に寄進して柱を金柱《きんばしら》に誂え替えさせた。すべては薬師如来のご利益ゆえと、厚く感謝したからである。


（『古今犬著聞集』）

薬師如来…「薬学の師」という名からも分かる通り、治病にご利益《りやく》のある仏として日

本では古くから篤く信仰されている。聖武天皇（在位七二四年 - 七四九年）の命で国ごとに建てられた国分寺の本尊も、たいていは薬師如来だった。

第四話　継母の怨霊が継子を悩ませること

ままははのおんりょうがままこをなやませること

下野国那須の下蛭田《しもひるた》村に、助八という妻子持ちの男がいた。

実父は死に、継母と同居していたが、日頃から辛くあたったので、継母は、「私をこれだけ酷い目に遭わせて、ただでは済むと思ったら大間違いだよ。因果応報という言葉を知らないのかい。覚えておいで、いつか思い知らせてやるから」と助八を呪い、睨みつけた。その目つきは尋常ではなかった。

しばらく経って、継母は病没した。

するとその夜から、継母の怨霊が現れて、始終、助八につきまとい苦しめた。

助八は耐え切れず、とうとう妻子を捨て、出家して諸国行脚の旅に出た。

それからというもの、怨霊の出現は絶えたという。

（『古今犬著聞集』）

親殺《おやごろ》し…大宝律令（七〇一年施行）に於いて、親殺しは謀反等と並び大罪たる「八虐」のひとつに挙げられていた。親の殺害を実行した場合は勿論、殺害を計画したり、殺さぬまでも親に暴力を振るっただけでも死刑に処せられた。

第五話　古井戸へ入った人が命を落とすこと

ふるいどへはいったひとがいのちをおとすこと

奥州の者が語った話。

奥州に住む某が、井戸さらえをするというので下男数人に水を汲ませたが、底に溜まった水の濁りがとれない。

そこで、下男の一人の腰に命綱を結わえ、

「底を掃除してこい」

と命じて、井戸の中へ降ろした。

しばらくすると、井戸端で引く綱の手応えが急に軽くなったので、もはや底に着いたものと思っていたのだが、一向に物音がしないので、不審に思いつつも、別の者を降ろした。ところがその者の綱も手応えがなくなったので、底を覗き込んでみた処、二人の姿が見えなかった。皆は大騒ぎしたが、中に剛毅な者がいて、

「一度、俺を降ろしてみてくれ。変化《へんげ》の仕業か何かは知らぬが、とにかく俺が正体を見届けてくる」

と名乗りを上げた。

その者は、命綱は二重に結わえ帯には鎌を差し、

「異変が起きたら縄を動かして知らせるから、すぐに引き上げてくれ」

と言い置いて、井戸の底へ下りて行った。

やがて、そろそろ底に着いたと思しき頃、合図の縄がかすかに動いた。上に居た者が急いで引き上げたが、命綱の先に男はいなかった。結び目をそのままにして、すり抜けたかのようだった。

残された人たちはどうしたものかと慌てふためいた。底が見えるまで井戸を掘り返せば、隣家の地盤まで崩れてしまう。かといって、今から新たに誰かを降ろすわけにはいかないし、たとえ命じても怖ろしがって言うことを聞かないだろう。

それ故、

「あたら多くの者の命が失われてしまった。酷いことをした」

と衷心から悔いつつ、皆はくだんの井戸を埋めてしまった。


（『陸奥国人物語』）

井戸…明治時代頃まで、六波羅蜜寺（京都市東山区）の東の路地に大小ふたつの井戸があった。井戸へ何物を投じようとも、翌朝になると必ずやその物が井戸端に転がっている。そんな不可思議な井戸だった。埋められて今はない。

第六話　女の死骸が蝶に変じること《おんなのしがいがちょうにへんじること》

会津の某家の下女が急死した。

そこで茶毘に付した処、鉄砲を撃ったような音がしたかと思うと突然に火が消え、小さな蝶が幾千万匹と飛び出てきた。

残らず四散するのを待ってから慌てて駆け寄ってみたが、翅一枚落ちていなかった。

「さてはあの遺骸が無数の蝶へ変じたのだ」

と人々は慄いた。

（『古今犬著聞集』）

蝶…世界の蝶は約二万種。うち、約二百四十種が日本に棲む。殆どの蝶は翅を立ててとまる。フランスのルナール（一八六四年 - 一九一〇年）は名著「博物誌」の蝶の項に、「二つ折の恋文が、花の番地をさがしている」と記している。

第七話　異形の双子が産まれること

いぎょうのふたごがうまれること

奥羽盛岡の農家の妻女が、延宝八年（一六八〇年）夏に双子を出産した。一人は片方の手が異様に長く、もう片方は短かった。おまけに足が曲がって全身が毛むくじゃらだったから、猿そっくりだった。

もう一人は目鼻がなく、腕が七本、脚が四十三本もあった。

親はこの異形の子たちを恥じて捨てたが、哀れと思ったのか、別の人が拾って乳を飲ませ、世話をしてみた。

けれどもその甲斐なく、五、六日後に両人とも死んだ。

（『古今犬著聞集』）

双子…スラブ社会に於いて、双子は不吉とみなされてきた。特に農村部では双子が生まれると生家のみならず村全体が災厄に見舞われると信じられ、「どちらか一人死んでくれたらいいのに」と住民たちが公然と口にするほど忌まれたという。

第八話　蛇塚のこと《へびづかのこと》

奥州二本松領塩田郡宮本の明神前で、ある男が三、四尺（三尺は約九十センチメートル）もあろうかという蛇を殺した。

すると、ほどなく数万の蛇が押し寄せてきて、己の腹を喰い破って次々に自死した。遺骸は積み重なって黒山をなした。

男は仰天し、遺骸を土に埋めて塚を拵えた。これを蛇塚といった。

なお、しばらくすると男の家は断絶の憂き目をみた。原因は分からない。

（『古今犬著聞集』）

ヘビクイワシ…ヘビクイワシはアフリカに棲み、体長は百二十五〜百五十センチメートルくらい。地上を歩き回り、ネズミやヘビをエサにする。大きな蛇が相手の場合には、自慢の長く強い足で幾度も踏みつけ、絶命させてから喰う。

第九話　蜂が蜘蛛に仇を報じること

はちがくもにあだをほうじること

相模国小田原にある蓮池に、ある日、数人の男が舟を乗り入れた。盆に使う花や葉を伐り取るためだった。

作業の合間に男たちが舟べりからふと見れば、蓮の花の蜜を吸いに来た一匹の蜂が蜘蛛の巣にかかっていた。

蜘蛛は潜んでいた葉の下から這い出てきて、蜂に近づくと糸を巻きつけにかかった。蜂は懸命にもがき、どうにかこうにか巣を脱して、命からがら飛び去って行った。

その後、蜘蛛はするすると半開きの蓮花に登ったかと思うと、巧みに糸を操って花弁の上端を閉じ合わせ、その中に隠れた。

さてしばらくすると、まずは一匹の蜂が飛び来たり、それに導かれるように百匹ほどの蜂の大群も押し寄せて来た。

蜂たちはしばらくの間、探るように辺りを飛び回っていたが、やがて蜘蛛が隠れていると思しき花を見つけると一斉に取りつき、狂ったように針で刺し続けた。おかげで花弁には無数の穴があき、まるで網のような有様になった。

蜂たちはそれを見届けると、揃って何処かへ去って行った。
男たちは舟を漕ぎ寄せて、例の花の様子を確かめてみた。
中では蜘蛛が総身がずたずたになって刺し殺されていた。
蜘蛛に命を狙われた蜂が、同朋を伴って意趣返しをしたのであろう。

（『相州国人物語』）

蜂…蜂の針は、産卵管が変化したもの。従って、刺すのはメスだけで、オスは刺さない（但し、オス・メスともに刺さない種もある）。住居の軒下に巣を作られると厄介。思わぬ事故に遭わぬよう、駆除は業者に頼むのが無難だ。

第十話　蜘蛛石《くもいし》のこと

紀伊国北山村の西北にある山の中腹には、大小数十の白い石が散乱していて、蜘蛛石と呼ばれている。
昔、この辺りには大蜘蛛が出没し、往来の者を襲っていたのだが、ある時、貴志正平という男が現れて、見事、退治した。
蜘蛛石はその大蜘蛛の骨なのだそうだ。

（『紀州志』）

蜘蛛…蠍《さそり》・毒蛇・蟾蜍《ひきがえる》・百足《むかで》と並ぶ五毒《ごどく》の一種。全世界で約三万五千種、日本には約千五百種が知られる。「巣に籠《こ》もる」という意味の「こも」が訛って「くも」になったか。

第十一話　死んだ妊婦が子を育てること
しんだにんぷがこをそだてること

土佐国浦辺に住む女が、ある時、懐妊したまま亡くなったので、染《そめ》かたびらを着せて葬ってやった。
その後、近所の餅屋に夜な夜な女が餅を買いに来る。一文ずつ買いに来る夜が六日続いたが、七日目には着ていたかたびらを脱ぎ、「これをお代のかわりに……」

と店の主人に渡して餅を買い、静かに帰って行った。

翌日、店主が例のかたびらを見ると随分汚れていたので、洗って屋外に干しておいた。

すると、通行人の一人がそのかたびらに目をとめた。その男は過日亡くなった妊婦の夫だった。男はかたびらに近づき、まじまじと見てから、店へ怒鳴り込んだ。

「墓を掘り返して妻の着物を剝ぐとは、どういう料簡だ」

驚いた店主がわけを話したが、男は半信半疑だった。

そこで男は夜まで待ち、謎の女が餅を買いに来る様子を物蔭から窺った。

女は紛れもなく、亡くなった妻だった。

餅屋から去り行く妻のあとをそっとつけると、妻の姿は己の塚の中へ吸い込まれるように消えて行った。

男が駆け寄り耳を澄ませると、塚の中から赤子の鳴き声が聞こえた。

男はますます怪しみ、塚を掘り返してみた。

すると……。

妻の遺骸の膝の上には、赤子が乗っていた。塚の中で産んだのだった。

男は我が子を家へ連れ帰り、大事に育てた。

その子は長じて船頭になった。

（『古今犬著聞集』）

妊婦…越前北ノ荘の藩主・松平忠直《まつだいらただなお》（一五九五年－一六五〇年）の愛妾は、ある日、妊婦の処刑を偶然に目にして、異様な昂奮状態に陥った。これを喜んだ忠直は、領国内の妊婦を狩り集めては腹を割き、愛妾に見せつけてご機嫌をとった。

第十二話　妻女が鬼になること

さいじょがおにになること

江戸中橋《なかばし》に住む庄左衛門の妻女は、夫への憎しみが募り、いつしか病み臥して、明日をも知れぬ命となった。

心配した夫が付き添っていた処、ある夜、突然、がばっと起き上がり、

「ええぃ腹立たしや」

と叫ぶや否や、両手の指を口に押し入れ、左右にぐっと引き上げた。

すると、口は耳まで裂け、髪は逆立って棕梠《しゅろ》の葉のようになった。

そして夫へ飛び掛かったので、夫は目の前にあった蒲団を被せて押さえ込み、

「誰かおらぬか、助けてくれ」

と声を上げた。

叫び声を聞きつけて下人どもが駆けつけ、夜着や蒲団を更に幾枚も被せたが、妻女は凄まじい力で暴れる。やむなく六、七人がかりでのしかかり、圧死させた。

しかし……。

皆はただただ恐ろしく、蒲団を剥いで遺骸を見ることは憚られた。

それ故、遺骸は蒲団でくるんだまま古い長櫃《ながびつ》へ押し込み、寺へ運んだ。

ただ、弔いのためには死者の髪を剃らねばならない。そこで、僧が遺骸を確かめた処、両眼は見開かれたまま、口は大きく両耳まで裂け、髪は彫像でよくみる羅刹《らせつ》（人を喰う鬼）のように逆立っていた。

仰天した僧はすぐさま櫃の蓋を閉め、火葬場へ送って荼毘に付した。

この後、夫も患いつき、百日ほどしてこの世を去った。


（『古今犬著聞集』）

妻女／妻…西欧の俗言曰く「最初の妻は天国から遣わされる。二番目の妻は人間界からやって来る。三番目の妻は地獄から送り込まれる」。また、ブルガリアの諺曰く「家は地面の上ではなく、妻の上に建つ」。

第十三話　愛執によって女の首が抜けること《あいしゅうによっておんなのくびがぬけること》

越中国のある富貴な屋敷には、息子と娘が一人ずついた。娘は容色優れ、齢十四であった。

また、隣邸には、今年十五になる息子がいた。眉目秀麗な少年だった。

少女はいつしか少年に恋慕して、幾度も恋文を送った。

しかし少年は一度も返事を出さなかった。

ある時、そのことが少女の両親の知る処となり、両親は娘を屋敷から一歩も出さなくなった。

少女は少年への恋しさと両親への恨めしさから食を断ち、みるみる衰弱していった。

乳母は見かねてなんとか少女と少年の仲をとりもとうとしたが、うまく運ばず、少女の嘆きは深まるばかりだった。

さてある日、例の少年が自邸の縁先に出てぼんやり庭を眺めていると、隣家との境の塀の上に少女の顔が現れ、その様子をじっと見守った。

ひと目なりとも逢いたいという一念のせいで、少女の首が身体から抜け出て、塀の上までふわりふわりと飛んで行ったのであった。世にいう轆轤首《ろくろくび》である。

と、そこへたまたま、少女の兄が入室して来た。

見れば妹の身体は障子のそばにあるのに、首は外の塀の上に乗っている。首と胴体は細い糸のようなもので繋がっていた。

兄は驚き怖れ、思わず抜刀して糸を斬った。

その途端、塀の上の首は生気を失って、ごろりと地面へ転がり落ちた。

その後、少年も体調を崩した。そして、四、五日患《わずら》ったかと思うと、あっけなく亡くなってしまった。

（『叢談』）


ろくろ首…妖怪仲間の酒宴の席上、ある者がろくろ首に「首が長いから、美味い酒を呑む時、喉ごしを長く楽しめていいね」。すると、ろくろ首曰く、「そりゃそうですが、大変なこともある。例えば、おからを食べる時の辛さといったら……」。

第十四話　狐を驚かせた報いで、一家が落ちぶれたこと《きつねをおおどろかせたむくいで、いっかがおちぶれたこと》

肥前国の甚六と二人の子は、ある時、野で昼寝する狐を見つけた。

悪戯心を起こし、地面を叩いて大声を上げた処、狐はびっくりして目を覚まし、走って逃げた。

すると、子どもたちは面白がってあとを追った。

ちょうどそばにいた若者たちも、騒ぎを聞きつけてやって来て、二人と一緒に狐を追い回した。

狐はついに茨の茂みへ飛び入る羽目になり、脚を怪我して動けなくなった。

「いっそのこと、殺してしまおう」

という者もあったが、

「さすがにそれは可哀相だ」

という者もあって、結局、一同はそのまま狐の許《もと》から去った。

さて数日後。

甚六の夢枕に貴人が立ち、こう告げた。

「お前は日頃から正直で行いが良いから、褒美に福を授けてやろう。実は、お前が豆を植えている畑の五尺下の土中には、銭の入った甕《かめ》が埋まっている。すぐに掘り取るがよいぞ」

甚六は、翌晩も同じ夢を見た。

そして三日目の夜には甚六のみならず、妻と二人の子どもたちにも同じ夢告があった。

こうなると信じるほかない。

翌朝、さっそく家族で話し合い、鋤や鍬を片手に畑へ急いだ。

そして、皆で土まみれ、汗まみれになりながら、五尺ほど掘り返した。

しかし、甕はどこにも埋まっていなかった。当然、植えていた豆はすべて台なしになった。

こうして甚六一家は手ぶらのまま帰宅し、村の笑いものになった。

その夜、甚六がふてくされて寝ていると、また夢告があった。

「お前は気が短いな。諦めるのが早すぎるぞ。よいか、昔から『祝うところに福来る』と申すであろう。今日お前が甕を見つけられなかったは、掘り始める前に盛大な祝宴を開かなかったからだ。まずは近隣の者たちを呼んで酒を振る舞い、それから彼らともども畑へ出て、懸命に掘るべし。地の底三間（約六メートル）ほどの所に銭は埋まっているぞ」

翌朝、甚六は、

「今度こそ」

といきり立ち、村の者たちを大勢招いて派手に呑み騒いだ。

そして酔った勢いのまま皆で畑へ繰り出し、掘りに掘った。

やがて、夢告の言う通り三間のほど掘り下げた時……。

ついに、

「ややっ、銭一枚が出た」

と誰かが叫んだ。

続いて、

「ここにも数枚あるぞ」

と別の声がした。

合わせて十銭ほどではあったが、とにかく銭が出るには出たのであった。

こうなると、皆、掘る手にも俄然、力が入った。

おまけに見物人たちも、

「ならば俺も……」

と一緒になって掘り始め、掘り下げた深さは十間余にも達した。

そうこうするうち、日暮れが近づいてきたので、一同は作業をやめて家へ帰った。掘り出された銭は、全部で五、六十銭にはなったろう。

甚六は考えた。

「そもそも、土を掘って次々に銭が出て来ること自体が不思議なのだ。この分だと、お告げの通り、銭甕はまだきっと土中深く眠っているぞ。よぉし、明日はもっと大勢の人を雇って、どしどし掘り進めよう」

夜が明けると、甚六は二、三十人もの人を雇い、例によってたらふく呑み食いさせてから、畑での作業にあたらせた。が、終日掘り続けて出てきたのは、やはり数十銭に過ぎなかった。

それからというもの、甚六は寝ても覚めても銭甕のことが頭から離れなくなった。

「あともう少し掘れば出てくる。あとほんの少しで……」

という思いにとり憑かれ、他の田畑の野良仕事はかまけたままだった。

やがて持ち金は底を尽き、家を売り、妻子と別れ、甚六は物乞いにまで身を落とした。それもこれも、かの狐の復讐であった。偽の夢告を使って甚六を零落させたのであった。

（『肥前土人物語』）

狐…中国の狐信仰は戦国時代（紀元前四七六‐紀元前二二一年）頃にまで遡れるだろう。ちなみに唐代の初期には、「狐魅なくては村にはならぬ」という言い回しさえあった。

巻之五

第一話　山路勘介が化け物を殺すこと

やまじかんすけがばけものをころすこと

山路勘介という侍が駿河国阿部山《あべやま》の山中で夜に狩りをしていると、峯の方から何者かが草木を踏み敷きながら近づいてきた。音はすれども姿は見えない。

とりあえず鉄砲を向けて構えていると、今度は背後で物音がしたのではっと振り返ると、異形の者が立っていた。両眼はぎらぎら光り、赤い舌をひらひらさせながら火焔の息を吐いていた。口は両耳まで裂けていた。

並みの者なら恐ろしさのあまり卒倒しただろうが、剛毅で知られる勘介は慌てず騒がず、刀の柄に手をかけて相手の出方を待った。

しばらくすると、相手は傍の小屋の屋根へ飛び移った。

が、体が重かったとみえて、小屋は押し潰された。

その隙に勘介は相手に飛び乗り、抜いた脇差でずぶりと刺した。

手応えがあったので、すぐに続けざま数度刺し抜き、ぱっと飛び退いた。

火縄の火を移して竹を松明代《たいまつ》わりに燃やして確かめた処、相手は牛頭人身の怪物で、背丈は六尺（約一・八メートル）ほどあった。世にいう山男とはこいつであろう。

化け物…ある男が化け物屋敷に泊まったが化け物は出ない。男はヤケ酒を呑んで寝入ってしまった。翌朝、去る男が「待っていたのに出て来ないとはけしからん」と叫ぶと、何処からか声がした。「出てやったのに寝てやがって、けしからん」。

（『異事記』）

第二話　盲人が観音に祈り、目がひらくこと

もうじんがかんのんにいのり、めがひらくこと

伊勢国横竹《よこたけ》の観音の霊験はつとに知られる。

そこで、ある座頭が十四日のお籠もりをして、

「どうか私の目を見えるようにして下さい」

と祈願した。

ところが満願の日になっても、依然として目は見えない。

落胆した座頭が帰郷の途につくと、背後から呼び返す声がする。

「はいはい、どなたですかな」
と振り返った途端、ぱっと両眼が開いて、見えるようになった。

（『古今犬著聞集』）

観音…天台宗寺院・両子寺《ふたごじ》（大分県国東市）の境内には、無明《むみょう》橋が架かり、橋下には観音像が祀られている。俗人が渡ると胸中に信仰心が湧き起こる一方、牛馬が渡るとたちまち橋が落ちると言い伝わる。

第三話　蛇、人間の恩を知ること

へび、にんげんのおんをしること

和泉国槇尾《まきお》山の傍に住む僧は、一匹の小蛇に乙と名をつけ、可愛がっていた。ところが、年月を経るうち大蛇へ成長したため、檀家の者たちが怖がって収拾がつかなくなった。そこで僧は乙を近くの池へ連れて行き、
「檀家の者たちが怖がるものだから、最早お前を寺には置けなくなった。これからは、こ

の池の主《ぬし》となって達者で暮らしてくれ」

と言い聞かせて、池へ放った。

さて、しばらくの後、村人の一人がこの池で水浴びをしていて、乙に呑まれて死んだ。遺族は、

「あんな恐ろしい大蛇を池へ放した坊主がけしからん。あいつは仇だ。今度姿を見かけたら、叩き殺してやる」

と息巻いた。

それを伝え聞いた僧は大いに悲しみ、池へ行って岸から、

「おい、乙や、いるか」

と呼びかけた。

すると、水面に乙が現れた。

僧は言った。

「お前が村人を呑んだせいで、わしは遺族に仇と狙われて、いつ命を落とすやも知れぬ。どうしてあんな非道なことをしたのだ」

乙はこの言葉をじっと聞いていたが、やがて傍の大岩に頭を打ちつけて自死した。

村人たちはその最期を知って哀れに思い、一堂を建立して「乙が堂」と名づけた。死ん

だ乙の体の長さは十三間（約二十四メートル）あったので、堂の周囲には十三個の石が据えられ、それぞれ梵字が刻まれている。

（『古今犬著聞集』）

ヘビイチゴ…バラ科の多年草。高さは四〜七センチメートルほどで、湿った場所に生える。小さめのイチゴを思わせる赤い実がつく。和名の由来は「ヘビがよく出る茂みにきまって生えているから」だという。

第四話　病中の女が鬼に摑まれること《びょうちゅうのおんながおににつかまれること》

寛文四年（一六六四年）、美濃国麻生《あそう》に住む某の妻女が病み臥した。ところが、病人の周囲で妖しげなことばかり起きるので、幼子や下女たちは怖れ、たとえ昼の明るいうちであっても病人に近づこうとしなかった。

今や傍に寄るのは夫だけになったが、その夫でさえ、密かに脇差を身に着け、びくつきながら看病する有様だった。
日が経っても、病状は悪化するばかりだった。
そしてある夜、夫が少しばかり離室した時、病人が、
「あっ」
と大声を上げた。
夫が驚いて駆け寄って見ると、病人の左腕がもぎ取られてなかった。
と同時に、裏庭に生えていた大竹十数本が何者かに握りつぶされたように割れ裂けた。
（『古今犬著聞集』）

腕…悪鬼　茨木童子《いばらきどうじ》が豪傑　渡辺綱《わたなべのつな》に片腕を斬られたことは説話や芝居でお馴染みだが、右腕だったか左腕だったたか、実は曖昧。詳細は『鬼・雷神・陰陽師』（福井栄一著・ＰＨＰ新書）を参照のこと。

第五話　猿が人間の子を借りて己の子の仇をとること

さるがにんげんのこをかりておのれのこのかたきをとること

ある夫婦が赤子を田の畔《あぜ》に寝かせて、野良仕事に精を出していると、二匹の大猿が山から下りて来て赤子をさらい、大木の梢まで運ぶと、揺すってわざと泣かせた。

すると、泣き声に気づいた一羽の鷲が峯から舞い降りて来て、上空を旋回し始めた。無論、赤子を狙っているのである。

二匹の大猿は赤子を木の幹の洞《ほら》へ移すと、自分たちは大枝を引き撓《たわ》め、その蔭に身を潜めた。

鷲が赤子を獲ろうと洞に近づいた刹那、猿たちは大枝から手を放した。大枝がむちのようにしなり、鷲を強打した。鷲は絶命して地へ落ちた。

猿たちはこれを見届けると、一匹は赤子を抱いて木を下り、元の場所へそっと戻した。もう一匹は鷲の死骸を曳いて来て、赤子の傍に置いた。

そして、揃って山へ帰って行った。

実は二匹の猿は夫婦で、少し前に子を例の鷲に獲られたのであった。そこで今回、知恵を働かせて仇をとったのである。鷲の死骸を赤子の傍に残したのは、赤子を借りた返礼のつもりだったのだろう。

（『古今犬著聞集』）

サルカケミカン…ミカン科のつる性低木。つるや枝などに鋭いトゲがあり、猿でも引っかかるというので、この名がついた。根や葉からつくった茶には、咳止めの効果がある。沖縄の野山でよく見かける。

第六話　化け物が人間の魂を抜き去ること

ばけものがにんげんのたましいをぬきさること

信州飯田の某の妻が疱瘡にかかったが、周囲の懸命の看病の甲斐あって平癒に漕ぎつけた。

ただ、ぶり返しては困るから、用心のために、亭主や使用人たちが夜伽を続けていた。

と、そんなある夜、病人の周囲に立てまわした屏風の蔭から大入道《おおにゅうどう》がぬっと現れて、屏風越しに中の病人を覗き込んだ。

仰天した亭主が刀を手にぱっと立ち上がると、大入道はひらりと屏風を跳び越え、寝ていた病人を小脇に抱えて庭へ走り出ると、今度は高い塀を難なく越えて、とうとう姿が見えなくなった。

亭主が塀の向こうへ回ろうとすると、背後から下女に呼び止められた。

「旦那様、奥様はここに居られます」

と言うので、座敷へ戻って確かめてみると、その言葉通り、妻は布団で寝ていた。

訝しく思い、

「おい、大丈夫か。具合はどうだ」

と言いながら揺り動かしてみたが反応がない。病人はすでに息絶えていた。

（出典記載なし）

屏風…「煙管にて　寄せる屏風の　もどかしさ」という句がある。寝ころんだまま、手を伸ばして煙管で枕元の屏風を引き寄せようとするが、なかなかうまくいかずにもどかしいという様を詠んだもの。

第七話　夢に山伏が現れて、病人を連れ去って行くこと

ゆめにやまぶしがあらわれて、びょうにんをつれさっていくこと

信州高遠《たかとお》に住む某は子沢山だったが、ある時、一人の子が患って、明日をも知れぬ身となった。

その夜、某は夢を見た。

妖しい山伏が何処からともなく現れて、病床の子を引っ立てて行こうとするのである。

そうはさせじと某は子にすがりつき、両人の引き合いとなったのだが、結局、力負けして子を取られてしまった。

と、某はそこではっと目が覚めた。

くだんの子は、その日のうちに死んでしまった。

それだけではない。

痛ましいことに、その後も同じ夢が何度も繰り返され、その度に一人また一人と、病床の子どもたちが死んでいったのだった。

そうこうするうち、沢山いたはずの某の子どもは、残すところ一人きりとなった。

ところが……。

しばらくするとその子が病気になった。例の山伏はまたしても某の夢に現れて、子を引いて行こうとした。

夢の中の某は、

「この子が最後なのだ。今度こそ取られまいぞ」

と渾身の力をこめてしがみついた。

すると、さしもの山伏も今回は根負けしたものか、諦めて手を離し、去って行った。

翌朝、目覚めた某は急いで病床の子の様子を見に行ったが、別状はなかった。そればかりか、日に日に元気になり、ほどなく本復した。

そして、以後は壮健に暮したという。

（『古今犬著聞集』）

山伏…かつて山伏は関所をほぼフリーパスで通れた。それに目をつけたある男が、山伏の装束で関所へ向かった。ところが、関所の向こうからも山伏が来る。両人は各々林の中へかけ込み着替えながら「本物の山伏に鉢合わせするとは……」。

第八話　蓮入、雷にうたれること

れんにゅう、かみなりにうたれること

豊後国日田《ひた》に蓮入という男がいた。

若い頃は、辻斬《つじぎり》強盗を働くなど、悪行三昧だった。

何を思ったものか齢六十五歳で出家したものの、悪党の性根はそのままだった。子が一人と、孫が二人あった。

ある年の六月、蓮入は八歳の孫を連れて、近くの村へ出掛けた。

すると、空は俄かに黒雲に覆われ、凄まじい雷鳴と雷光が一帯を襲った。

蓮入は、とにかく身を隠す場所を探そうと、傘をさし、左の脇に孫を抱えて細い畦《あぜ》の一本道を走った。

ほどなく雷が一本道の端に落ちた。

火があがり、それがぐるぐる回って輪になった。

そしてその火の輪が転がりながら、走り行く蓮入を追いかけた。

やがて輪は蓮入に追いつき、一度虚空に舞い上がってから、蓮入の頭上へ落ちた。蓮入はぐしゃりと潰されたように地に臥した。

さて、ようやくのことで風雨が止み、青空が戻って来たので、村人たちが蓮入の遺骸の傍へ駆け寄った。落雷で焼け焦げ、炭のようだった。

ところが、左の脇のあたりに蠢くものがある。

不審に思って灰や炭を引きのけてみると、例の八歳の孫が目をぱちくりさせながらこちらを見ていた。五体は無傷だった。

悪行を尽くした蓮入は焼け死に、無垢な童子には何の咎めもなかったわけだ。

(『叢談』)

雷…雷の正体は静電気。雲が出来る時、上昇する水や氷の粒同士が擦れて静電気が生じる。それが雲の中に溜まりに溜まり、ついに一気に放電され、雷になる。強い雷だと電圧はなんと十億ボルトにも達する。

第九話　大鮑のこと《おおあわびのこと》

安房国《あわのくに》亀崎の沖合に怪光が現れ、不漁が続いた。

皆が困り果てていた処、齢六十余の海女が、

「あたしが正体を見届けてくる」

と名乗り出て、海へ潜った。

海底の光では何物かが強烈な光を発している。二町（約二百二十メートル）ほど離れた所から見てみると、それは七、八間（一間は約一・八メートル）四方の巨大な鮑《あわび》だった。

海女は驚き、

「これはうっかり傍へは寄れない」

と引き返したが、岸へ上がり着くまでに姿が見えなくなった。

寛文五年（一六六五年）の出来事であった。


（『古今犬著聞集』）

鮑…鮑の殻の内側は七色に光って美しい。一千分の一ミリメートル以下の炭酸カルシウムの板膜をタンパク質の層で幾重にも貼り合わせたような構造。おかげで強度はぐんと増し、通常の炭酸カルシウムの結晶の約三千倍の強さがある。

第十話　蛙が蛇を撃退すること
かえるがへびをげきたいすること

ある若侍が語ったことには……。

ある日、庭で夕涼みをしていると、植え込みから二尺（約六十センチメートル）ばかりの蛇が出て、するすると這い進んだ。縁の下から現れた蛙に狙いをつけたのである。

ところが、蛇が近づいているのに、蛙は逃げぬばかりか、前足を上げて迎え撃つ姿勢をみせた。蛇は一瞬、動きを止めたが、すぐにまた進んで蛙を呑もうとした。

すると蛙は前足を曲げて、蛇の頭を打った。

打たれて蛇は退く。

が、また近づく。

途端に、また頭を打たれる。

これが二、三度繰り返されると、蛇はとうとう蛙を諦めて、すごすごと植え込みの中へ逃げ帰ってしまった。

あまりに不思議な光景だったので、くだんの蛙を捕まえて仔細に調べてみると、蛙は手のうちに短いが鋭い折れ釘を忍ばせていた。

これで何度もはたかれたものだから、さしもの蛇も痛みに耐え切れず、退散したのであろう。

（『怪事考』）

蛙…世界の蛙は約七千種（日本には四十八種）。蛙は、北極・南極以外の世界中の水辺で暮らしている。但し、海にはいない。このため蛙は、淡水魚から進化した生きものなのではないかと考えられている。なお、蛙は動くエサしか食べない。

第十一話　猿が身を投げること《さるがみをなげること》

豊前国小倉の猿回しである茂右衛門は、母子猿を飼っていた。

母猿は常に子猿を懐に抱き、乳を飲ませていた。

ただ、困ったことがあった。

母猿が子猿にばかり気をとられ、客の前での芸に身が入らなくなってしまったのだ。

茂右衛門はこれに腹を立て、ある日の朝、子猿を宿に残し、母猿だけを連れて外へ稼ぎに出た。

ほうぼう回って昼どきになると、母猿は己の乳房が張ってくるのを感じた。

途端に子猿のことが恋しくて堪らなくなり、地に臥した。

それを見た茂右衛門はさすがに不憫に思い、早々に宿へ向かった。

気をきかせて、宿の一、二町（一町は約百九メートル）手前で綱を解いてやると、母猿は一目散に宿へ駆け入った。

ところが……。

子猿は留守中に起きた火事で、焼け死んでいた。

それを知った母猿は、しばらくの間、悲痛な叫び声を上げていたが、やがて子猿の遺骸を抱きかかえると宿の裏手へ走り出た。

「いったい何をしでかすつもりだ」

と茂右衛門が急いであとを追ってみると、母猿は子猿を抱いたまま井戸へ身を投げて死んだ。

茂右衛門は、

「畜生といえども、親子の情の深さは人間に変わらぬ。傷ましいことだ。わしが長年、世を渡れたのもあいつらのお蔭だ。その恩に報いてやらねばならぬ」

と発心して髪を剃り、猿たちの菩提を弔った。

(『怪事考』)

身投《みな》げ…両国橋の橋番が役人に呼び出され「身投げが多いのはお前の怠慢だ」と叱責された。そこで見張りに精を出していると、ある夜、若い女が身を投げにやって来た。親爺は女の帯を摑み「おのれ憎い奴。お前だな、何度も身投げしたのは」。

第十二話　小西何某、怪異のものを斬ること

こにしなにがし、かいいのものをきること

但馬国に小西何某という侍がいた。勇壮で武芸も達者だった。

ある年、小西は主君から屋敷を賜った。

そこで庭に手を入れていた処、その土地は以前、墓地であったとみえて、土中から山伏の遺骸一体が出てきた。長い間埋もれていたはずなのに、五体も衣服も新仏のように新しいのが、何とも奇妙だった。

そして更に面妖なことに、山伏の遺骸は、朝日を浴びるやいなや雲散霧消してしまった。

ほどなく小西は原因不明の熱病に罹り、臥せった。いかなる薬石も効かない。死期が間近に迫っていることは明らかで、家族親類は集まってただ嘆き悲しむほかなかった。

と、そんな折、余の者の耳には入らず、ただ小西の耳だけに、例の山伏の声が響いた。

「おい、水を一杯くれぬか」

すると、今にも絶命するかと思われていた小西が、

「心得た」

と言うが早いかむくっと起き上がり、傍らにあった脇差を手に部屋を出ようとした。

慌てた家族親類が、

「熱に浮かされて気でも狂われたか。気を鎮めなされ」

と引きとどめたが、小西は、

「狂ってなどおらぬ。大丈夫だ。まあ、俺に任せておけ」

と振り切って柄杓《ひしゃく》に水を汲み、

「外の戸を開けよ」

と言った。

訝しがりながら下男が戸を開けると、小西は左手で水の入った柄杓をぐっと差し出し、

「さあ、山伏殿、これを飲まれよ」

と言いざま、素早く抜刀して斬りつけた。

すると、確かに手応えがあり、何者かが向いの茅垣《ちがき》へどうっと倒れこむ音がした。

皆は灯りを手に駆けつけたが、垣の周囲には誰もいなかった。妖怪は斬られて滅したのであろう。

小西は、

「さもあろう。以後は禍も去るはずだ」

と微笑み、部屋へ戻った。

熱病はたちまち去り、何事もなかったように平癒した。

（『但馬土人物語』）

柄杓…昔、巡礼者は山中で道に迷うと、喜捨を受けるため携行している己の柄杓を地面へ立て、倒れた方角へ進んだ。勿論、仏神のご加護とお導きに期待してのことで、科学的根拠はない。心理的な安定を得るための呪法である。

巻之六

第一話　瀬川主水の仇討ちのこと
せがわもんどのかたきうちのこと

慶長年間（一五九六〜一六一五年）、安芸国に瀬川左近という侍がいた。

左近には、二十歳になる息子主水がいた。

この主水には、許嫁《いいなずけ》があった。同国の山田新左衛門の娘某である。

ところが、まだ祝言をあげぬうち、左近が朋輩の木崎弥五郎と口論の挙句、斬殺されるという事件が起こった。弥五郎は追及を怖れて姿をくらませた。

ある日、主水が亡父の仇の弥五郎を捜して旅へ出ようとした折、某が乳母を伴って訪ねてきた。仇討ちの旅に同道させて欲しい、お力になりたいというのであった。

主水は、

「お気持ちは嬉しい。ただ、申し上げにくいことだが、そなたに同道されては却って足手まといだ。必ず本懐を遂げて戻って来るからこのまま安芸にとどまって、私の帰りを待っていてくれ」

と言い含め、某を山田邸へ送り届けて、ようやくのことで出立した。

さて、翌年四月十四日、駿河国にいた主水は、弥五郎の居所をようやく探りあてた。

「いよいよ明朝には仇を討てる」

とはやる心を抑えながら宿で就寝した処、夢を見た。

安芸に残して来た某がはるばる駿河までやって来て、二人で力をあわせて仇を討つという夢だった。

そして翌朝。

主水は弥五郎の潜入先に赴き、正々堂々と名乗って立ち合い、見事本懐を遂げた。

一方、安芸にいる某は、四月十四日の夜、主水と二人で仇を討つ夢を見た。

そこで翌朝、はね起きると喜色満面で両親に語った。

「主水様はいよいよ今日、仇をお討ちになるのよ。夢で見たのよ。ああ、嬉しくてたまらない。」

しかし、両親は、

「四六時中、主水様の仇討ちのことばかり考えているから、そんな夢まで見てしまったのだねえ。いじらしいといったらないよ」

と言って真《ま》に受けなかった。

それからしばらくして、主水が帰国した。

某と涙の再会を果たし、仇討ちの有様やその前夜の夢の話を語って聞かせてやった処、某の見た夢の内容とぴたりと符合した。
その後、主水は亡父の跡を継いだのはもちろん、主君の計らいにより、弥五郎のかつての知行の加増まで受けた。そして某を娶り、子々孫々まで幸せに暮らしたという。

（『異事記』）

仇…「主君の使いで外出した先で、親の仇に巡り合ったとする。主名と仇討ちとどちらを優先するか」と儒者・熊沢蕃山《くまざわばんざん》（一六一九年－一六九一年）が問われた。蕃山曰く「そもそも親の仇を討たんとする侍が、奉公などせぬ」と答えた。

第二話　稲荷明神の神酒を盗む老人のこと

いなりみょうじんのみきをぬすむろうじんのこと

昔、山城国稲荷社に供えられた神酒が夜のうちに一滴残らずなくなる奇事がたびたび起こった。
不審に思った社人たちが、四、五人で夕刻から見張っていた処、夜更けになると、白髪の老翁が杖にすがって拝殿へやって来た。

翁は手水をつかい神前に手をつくと、

「今宵もお相手に参上致しました。さあ、いつもの如く神酒をおあがり下さい」

と呼びかけ、神前のかわらけ（土製の酒盃）をひとつ取って神盃として据え置き、己もひとつ取って前へ置いた。

そして、

「さあさあ、まずは一献お召し上がりを」

と神盃へ酒を注ぎ、

「某《それがし》から酒肴を差し上げましょう」

と言って、しわがれた声で謡《うたい》をうたった。

その後、うたっては注ぎ、うたって注ぎと三献に及ぶと、

「そろそろ某も頂戴しまする」

と、今度は己が二、三杯呑んだ。

やがて酔いが回ってきた翁は、立ち上がって歌舞に興じ、ある限りの神酒を呑み干すと、頭を打ちながら、

「やれ有難や。明神様のお蔭にて、某は今世を太平楽に暮らせておりまする。来世もご加

護を賜りたく存じます」

と謝し、

「ささて、今宵はこのくらいでおひらきと致しょう。また明晩も夜伽に伺いますので……」

と拝礼して、社殿を立ち退いた。

そこへ待ち構えていた社人たちがどやどやと押し寄せ、

「けしからぬ盗人め」

といって翁へ縄をうち、一室へ押し籠めた。

すると……。

翁を捕らえた社人たちはその夜から高熱に苦しみ、錯乱した。

中の一人に明神が憑いて言うには、

「神酒や供物はわしに捧げられたものだ。それをわしが好きにして何が悪い。あの翁は夜な夜な神前へ来ては、神酒や歌舞でわしを楽しませてくれていた。毎夜その訪れを今や遅しと楽しみにしておったというのに、捕らえて押し籠めるとは何事か。一刻も早く縄を解いて解放してやれ。さもないと、お前たちは無事では済まぬぞ」

これを聞いた人たちは仰天して、すぐさま翁を解き放った。

そればかりか、

「ここまで神慮に適《かな》った者をこのまま捨ておくのはいかがなものか」

というので、翁には以後いくばくかの扶持が給されるようになった。

おかげで翁は、旧にもまして明神へ詣でては、神酒のお相手を務めたという。


（『異事記』）

酒…大酒を呑むことをよく「浴びるように呑む」などと表現するが、少なくとも江戸時代の市井《しせい》の左党には難しい相談だった。からだを壊すからではなく、酒がなかなかの贅沢品だったからだ。庶民にとっては、酒は高価だった。

第三話　病中に魂が寺へ詣でること《びょうちゅうにたましいがてらへもうでること》

武蔵国上吉見村の龍海院《りゅうかいいん》の檀家に喜兵衛という者がいた。

長年病床にあったので、折にふれて寺からは見舞いが遣わされた。

さて、ある雨の日。

笠をかぶった喜兵衛が寺に現れ、仏前で拝礼して帰る姿を住職が見つけた。

「おお、喜兵衛どの、しばらくじゃな。お顔の色もすっかりよくなられたのぉ。久しぶりに見えられたことだし、上がって茶でも飲まぬか」

と声をかけた処、喜兵衛は、

「ならば……」

といって二、三杯飲み、やがて帰って行った。

その後、住職が平癒祝いの使者を喜兵衛宅へ遣わした処、使者が戻って来て言うには、

「喜兵衛様は虫の息で、いつお迎えが来てもおかしくないご様子でした」

これを聞いた住職が、

「さては往生を前に、魂だけがひと足先に寺へ詣でたのじゃな」

と思っていた処、案の定、翌日に喜兵衛は逝去した。


（『古今犬著聞集』）

魂…沖縄では人間の魂を「マブイ」と呼ぶ。人間はひどく驚くとマブイが肉体から抜け出てしまい、虚脱状態に陥る。そんな時には、豚の鳴き声を聞かせると正気に戻る

という。

第四話　幽霊が子を育てること《ゆうれいがこをそだてること》

紀州国に住むある者の妻女が、子を産んですぐ亡くなった。
その夜以降、妻女の幽霊が現れては、我が子に乳を飲ませ、朝には帰って行った。
やがて子が三歳に至ると、幽霊はふっつり来なくなった。
子は成人して彦四郎と名乗った。
親子の恩愛の道はかくも深い。

（『古今犬著聞集』）

幽霊屋敷…日本人は幽霊屋敷に住むなど真っ平御免であろうが、西欧の人間は日本人ほど毛嫌いしないようだ。中には、由緒正しき名門一族の証《あかし》といって誇る人すら散見される。

第五話　狼が人間に化けて子を産んだこと《おおかみがにんげんにばけてこをうんだこと》

越前国大野郡菖蒲池のほとりには、夜な夜な狼の群れが現れては、旅人を喰い殺していた。

さて、ある日の夕方。

ある僧が孫左衛門宅へ向かう途中、菖蒲池にさしかかった。

ところが、僧は運が悪かった。

夜にしか現れぬ筈の狼たちが、その日に限って、普段よりも早い時間に姿を現したのだ。

僧は慌てて傍の大樹の枝へ逃げ登った。

狼たちは大樹の根元に集まり僧を見上げたが、木登りは不得手だった。

すると、中の一頭が、

「あの坊主を眺めてここでうろついていたって、埒があかない。俺が孫左衛門の嬶《かか》を呼んで来よう。あいつならいい知恵を出してくれる筈だ」

と言って、駆けて行った。

しばらくすると、ひときわ大きな狼がやって来た。

樹上の僧の様子をつくづく眺めると、おもむろに言った。

「私をあの高さまで肩車しておくれ」

他の狼たちは、

「なるほど、その手があったか」

と喜び、互いの股へ頭を突っ込んで肩車を始めた。

あれよあれよという間に狼の梯子《はしご》が出来上がり、いちばん上に乗った大狼は僧のいる高さに達した。

大狼は、

「しめしめ」

とばかりに僧へ喰いかかった。

僧は脇差を抜き、大狼の頭をぐさりと刺し貫いた。

途端に狼の梯子が崩れ落ちたので、僧はその隙に樹を降り、命からがら寺へ逃げ帰った。

さて、翌朝、僧が孫左衛門宅へ赴くと、前夜に妻女が急死したというので、家人たちは大騒ぎしていた。遺骸をみると、大きな狼だった。


（『古今犬著聞集』）

狼…西欧では、狼は冥界の王オシリスの化身であり、尾には穀物を実らせる霊力が宿るとされる。それ故、狼は穀物の精でもあった。なお、狼が獲物を襲う方法は実に巧妙ゆえ、古代ローマ軍はそれにあやかるべく軍旗の意匠に狼を用いた。

第六話　幽霊が現れて妻を誘うこと《ゆうれいがあらわれてつまをいざなうこと》

越前国大野郡に六兵衛という者がいた。

いまわの際に、

「俺の遺骸は裏の竹藪に埋めてくれ」

と言い残して死んだので、遺族は言葉通りにしてやった。

すると七日ほど経って以降、夜な夜な六兵衛の幽霊が妻の元へ通ってくるようになった。

妻は当初こそ怖れおののいていたが、やがて打ち解け、後はまるで往時のように夫婦仲睦まじく一年ばかり暮らした。

さて、ある夜、またしても幽霊がやって来て、こう切り出した。

「俺がここへ訪ねて来られるのは今宵限りだ。これから先はお前が来てくれ。さあ、俺と一緒に行こう」

そう言って妻の手を引いたが、妻は、

「そうしたいのはやまやまだけど、子どもがまだ幼いから、今傍を離れるのはよくないと思う。どうか勘弁して頂戴」

と抗した。

両人はしばらく手を引き合っていたが、やがて幽霊は、

「そこまでこの世に未練があるのなら仕方がない」

と言って諦め、姿を消した。

それからというもの、妻は手が痛み出した。ちょうど夫が握っていた所だった。あれこれ療治を尽くしたがいっこうに効かず、手は腐り墜ち、妻は死んだ。

（『古今犬著聞集』）

手…草創期のキリスト教美術では、偶像崇拝を忌避する心性が強く、神の全身像を描くことはためらわれた。そこで神の出現は天空の雲の間から突き出される手として描かれた。「神の見えざる手」ではなく「神の見える手」だったわけだ。

第七話　殺生の報いで目鼻がなくなる病にかかること
せっしょうのむくいでめはながなくなるやまいにかかること

上総国の妙覚寺《みょうかくじ》門前に住む農夫某は、若い頃には鳥刺しを生業《なりわい》としていた。殺生を重ねた報いか、ある時急に患い出し、目鼻も口も失って、首から上は瓢簞《ひょうたん》のようになった。

食事どきには、子が某の頭から粥を注ぎかけた。すると、皮膚の下から小鳥の嘴《くちばし》が無数に現れて、ちちちと鳴きながら粥を吸った。

（『古今犬著聞集』）

嘴…鳥が嘴を閉じる際に働く筋肉が、内転筋。硬い種子をついばみ噛み砕く食性の種は、これが発達している。例えばアオカケスなど。一方、嘴を開く際に働く筋肉は伸出筋。これが発達しているのは、昆虫食の種である。例えばヨタカ。

第八話　鳳来寺の鬼のこと

ほうらいじのおにのこと

三河国鳳来寺勝岳院《しょうがくいん》の開山である利修仙人《りしゅせんにん》は、平素から鬼神を使役していたが、ある時、

「近々、わしの寿命は尽きる。わしが死ねば、残されたお前たちは人間に怖れられ、疎まれるだけじゃ。そこの処をとくと考え、わしよりひと足先に成仏してくれい」

と言い含めて、鬼の首を刎ねて葬った。

その後、鳳来寺は元和元年（一六一五年）に火事に遭い、慶安二年（一六四九年）に再興を果たしたが、その普請の折、土中から箱が出て来た。

怪しんで開けてみると、塗り桶ほどの髑髏が入っていた。仙人が斬った鬼の首に相違ない。

そこですぐに埋め戻した。

「その折に、わしも確かにこの目で見た」

と宝珠院《ほうじゅいん》代官の庄田《しょうだ》某《なにがし》も言っている。

（『古今犬著聞集』）

鬼…「おに」の語源は「おぬ（隠）」で、元々は目に見えない精霊的な存在だった。しかし、仏教思想の普及に伴い、地獄の獄卒のイメージと集合して、おなじみの恐ろしい鬼になった。

第九話　紀州国幡川山禅林寺の由来のこと《きしゅうのくにはたがわやまぜんりんじのゆらいのこと》

紀州国名草《なぐさ》郡幡川山禅林寺は、三上庄幡川村に鎮座する。

聖武天皇の勅願により、為光上人《いこうしょうにん》が開基した。

その由来は次の通りである。

ある時、聖武天皇の病悩を占った陰陽博士が言うには、

「王城の未申《ひつじさる》（南西）の地に一寺を建立し、薬師仏をお祀りすれば全快疑いなしでございます」

そこで勅使が赴いて、候補地を物色していると、どこからか老翁が現れて、こう告げた。

「昔、怪光を発する物が虚空から降って来て、この地の鏡岩の森の梢に落ち留まった。し

ばらくしてこの一帯を大風大雨が襲い、川が溢れた折、その光り物はみずから川へ飛び入って、流れて行った。これを村人が拾い上げてみると、幡《はた》だった。それ故、この地を幡《はた》川《がわ》という。

一方、激流にもまれるうち、幡の下端が少しちぎれ、切れ端はそのまま海まで流され、やがて阿波の地に寄り着いた。それが拾い上げられた所は切幡村というのじゃ」

（『紀州志』）

聖武天皇…第四十五代聖武天皇（七〇一年 - 七五六年：在位七二四年 - 七四九年）は、七一四年、藤原不比等の娘・光明子を皇后（光明皇后《こうみょうこうごう》）に据え、それまでの皇親立后の慣習を破った。国分寺や東大寺の建立、盧舎那仏の鋳造などでも名高い。

第十話　蛇の執心が鶉を殺すこと《へびのしゅうしんがうずらをころすこと》

ある人が鶉を飼っていた。

籠を綺麗に拵えて水や餌もかかさず、毎朝、日の出とともに籠を窓にかけてやっていた。ある日、一尺ほどの蛇が窓の上方から頭を下げ伸ばして鶉を睨み、狙いすましていたので、見つけた飼い主はすぐに蛇をうち殺して、庭へ捨てた。

ところが、しばらくすると、鶉も籠の中で死んでしまった。不審に思ってよくみると、鶉の首には二寸余（約六センチメートル）の小蛇が巻きついていた。鶉はこいつに絞め殺されたのだ。

飼い主は、

「さては、先刻うち殺した蛇の執心が鶉の首にとりついて、死に追いやったに違いない」

と驚き呆れた。

（『ある人の物語』）

鶉…昔から鶉（キジ科）の肉は美味と言い伝わる。鶉の肉はブロイラーに比べ、鉄分は約二倍で、脂肪分は少ない。ビタミンB2も豊富。なお、鶉の卵は、鶏卵よりも保存性に優れ、ゆで卵にした場合も殻が剝きやすい。

第十一話　金に執心を残す僧のこと
かねにしゅうしんをのこすそうのこと

昔、豊前国小倉には有名な化け物屋敷があり、借りる者もなく長い間、空き家になっていた。

が、ある時、物好きな侍がみずから望んでそこへ移り住んだ。

さて、三日ほど経った夕暮れどき。

囲炉裏端に見知らぬ法師が現れた。

「さては、これがこの家に巣喰う化け物だな」

と男が腹を据えて睨み返した処、法師が言うには、

「ああ、あなたは勇気のある御方だ。そこを見込んで聞いて頂きたいことがあるのです。実はこの地にはかつて寺があり、私はそこの住職でした。金をたんと貯め、それを壺に入れて地へ埋め隠しておいたのですが、思わぬことで命を落としてしまいました。恥ずかしきことながら、その金に執心が残り、いまだに成仏できません。それをこの家の住人に知ってもらいたくて、幾度となく姿を現したのですが、皆、私が話をする前に、恐れをなして逃げてしまったのです。お話し出来たのはあなたが初めてです。どうか憐れと思し召

し、壺を掘り出して金を取り出し、それで私の菩提を弔って頂けませんか」
侍が、
「承知した。俺に任せておけ」
と諾すると、法師はふっとかき消えてしまった。
翌日、侍は主君にこの旨を報告したうえで、法師の言った場所を掘ってみた。
すると法師の言葉通り壺が出て来た。
侍はその金で法師の供養をしてやった。
以後、屋敷が怪異に見舞われることはなくなった。

（『古今犬著聞集』）

金…「うなるのは　嘘だが金は　ものをいい」という川柳がある。金がうなるというのは比喩だが、世の中、「金がものをいう」のは本当だというもの。人生の真実をズバリと言い当てており、うなるしかない。

第十二話　狐が化け損ねて殺されること

きつねがばけそこねてころされること

筑前国福岡の城下から一里ばかり離れた岡崎村に、ある男が住んでいた。

ある日の夕方、某は所用で城下へ向かったが、宵の口に戻って来た。

某は
「途中で『止むを得ざる事情により本日は往訪に及ばず』という先方の使者とちょうど行き会ったので、引き返して来た。ああ、疲れた。今日はもう寝るぞ。お前も早く休んだらどうだ」

と妻女に声をかけると、すぐに奥の寝所へ引っ込んでしまった。

すると、下女が奥方を小声で呼び、こう囁いた。

「ご主人様は右の目がお悪いのに、さきほどの男は左の目が悪いようでした。あいつは怪しいです」

奥方は驚き、

「まあ、そうなのかい。ここは一番、確かめてみましょう」

と一計を案じ、寝所の夫に、

「下女が俄かの腹痛で苦しんでいます。あなた、お薬を渡してやって下さいな」

と声をかけた。

夫は、

「こっちは疲れて寝ているというのに、厄介なことを言い出しおって……」

とぼやきながら、薬を持って部屋から出て来た。

見れば、下女の言葉通り、右ではなく左の目が悪かった。間違いなく、こいつは夫ではなく、化け物か何かだと悟った。

しかし奥方は平静を装い、

「そうこうするうちに下女の腹痛もおさまったみたいだわ。無駄足を踏ませてすいません。元通りお休み下さい」

と言って寝かせた。

そして、下女とともに家の戸板を携えて寝所へ忍んで行くと、戸板で寝ている奴を前後から挟み込み、さんざんに打擲《ちょうちゃく》して息の根をとめた。

そして戸板を退けてみた処、横たわっていたのは、空恐ろしいほど大きな狐の死骸だった。


（『古今犬著聞集』）

医者…『善悪《ぜんあく》表裏《ひょうり》人心《ひとごころ》覗機関《のぞきからくり》』（式亭三馬《しきていさんば》著・一八一四年）に「医は衣なり。医は威なり。医は稲荷なり」とある。医者は患者の前で外見を取り繕い、藪医者の尻尾を出さずに騙せという教え。

第十三話　鼠を助けて金を得ること《ねずみをたすけてかねをえること》

寛文六年（一六六六年）、江戸新両替町四丁目の香具屋《こうぐや》九郎左衛門宅では、鼠がひどく暴れるというので、桝《ます》落としを仕掛けてまんまと捕まえた。

主人は、

「殺してしまえ」

と言ったが、憐れに思った下家が助けてやった処、その夜の夢に稚児が現れて、

「今宵は命をお助け頂き、誠に有難うございました。御酒をお持ちしましたので、さあ一献召し上がれ」

と勧めてくれた。酒肴は金色の魚だった。

男が箸でつまんだ切り身を口へ入れた処で、はっと目が覚めた。
口中に何やら物が入っている。
吐き出してみると、一分金だった。
それ以来、九郎左衛門の家では、鼠を見つけても殺さずにおくという。

（『古今犬著聞集』）

鼠…日本に棲む鼠の中には、日本固有種なのに外国人の名を冠した種がある。それがスミスネズミ。一九〇四年に六甲山（兵庫県）でこの鼠を採取したゴードン・スミスの名にちなんだ命名。

第十四話　鳫風呂のこと

がんぶろのこと

津軽地方には、鳫風呂という風習がある。
毎年秋になると沢山の鳫が日本へ渡って来るが、その際、一羽が一本ずつ細木を咥えてくる。渡海の途上、翼が疲れると水面へ細木を落とし浮かべ、そこでひと休みする。そして、翼に力が戻って来ると、細木を咥えてまた飛び立つ。それを繰り返してようやく奥州外《そと》が浜《はま》に至ると、細木を落として、日本で冬を越すのである。

翌春、故郷へ帰る際には、またしても細木を咥えて去る。なお、鳫が飛び去った後に残った木々は、それだけの数の鳫が冬の間に日本で命を落とした証左である。

そこで地元の人々はそれらを拾い集めて風呂を焚き、鳫たちの菩提を弔いつつ、風呂を旅人に振る舞う。

（『古今犬著聞集』）

鳫…秋の月夜の絵には鳫が配されることが多い。いくら名月でも絵にするのにそれだけでは淋しい。そこで、鳫の出番。鳥なので虚空では変幻自在だし、数や隊列の形を操作できるので、腕におぼえのある絵師にとっては画題である。

第十五話　夢告を得て、富を得ること

むこくをえて、とみをえること

鍛冶の三太夫《さんだゆう》という者は京から江戸へ下って、一人釘細工に余念がなかったが、ある夜、夢の中で、

「重箱の　内にもたまる　ほこりかな」

というお告げを得た。

翌朝、知人に、

「重箱の中が空《から》で埃《ほこり》が溜まるというのは、いかにも験《げん》が悪いよなあ」

とこぼした。

ところが知人は、

「何を言うか。めでたい夢だぞ。重箱の中を誇るのだからな」

と夢解きしてくれた。

これを聞いて三太夫は狂喜し、湯島天神の社人に頼んで百韻の奉納連歌会を催して、吉夢を祝った。

それからというもの、三太夫のもとへは大口の仕事が次々と舞い込み、たちまち富貴の

身となった。

（『古今犬著聞集』）

夢…長州出身の井上馨《いのうえかおる》（一八三五年－一九一五年）が「俺は三千万円ほど稼いでみたい」と夢を語ると、それを聞いた土佐出身の政治家・後藤象二郎《ごとうしょうじろう》（一八三八年－一八九七年）は「小さい小さい」と笑い、「俺は三億円ほど借金がしたい」。

第十六話　鵜飼の男が最期に臨み苦悶すること《うかいのおとこがさいごにのぞみくもんすること》

肥前国にいた鵜飼九郎右衛門は、昼間は鵜を操って魚を獲り、夜は網で漁をした。また、鵜の餌にするといっては、沢山の亀を捕らえ、石に打ち当てた。そうやって甲羅を割っておいてばりばりと引き剝がし、肉は鵜に喰わせた。

要は四六時中、殺生を重ねていたのである。

さて、この九郎右衛門が、やがて熱病に罹った。

病床では、

「ああ熱い、熱い」

と叫んでのたうち回った。事実、九郎右衛門の体は炎の如く熱く、あまりの熱気のため、看病の家族も傍へ寄らないほどであった。

そして、三日ほど苦しみ抜いた後、絶命した。


（『国人物語』）

鵜飼…中国の鵜飼の歴史は約二千年、日本は約千五百年。中国ではカワウ、日本ではウミウ（茨城県日立市十王町の海岸で捕獲）を用いる。日本では、以前は全国約百か所で鵜飼が行われていたが、現在では約十か所へ減少。

第十七話　火車に乗ること《かしゃにのること》

西京に長患いで苦しむ男がいた。

男は死ぬ七日ほど前から、

「赤鬼青鬼が近づいてくる。恐ろしや恐ろしや」

と昼夜分かたず泣き叫んだ。

七日目になると、

「火の車に乗るのは嫌だ。ゆるしてくれ」

と手を擦り合わせて何者かに懇願した。

ところが、しばらくすると、

「そうか、どうしても逃れられぬのか。もはやこれまでだ」

と言うが早いか、それまでは寝たきりで腰も立たなかったにもかかわらず、がばっと立ち、部屋の外へ走り出た。

そして門口の敷居に躓いて倒れ伏すと、そのまま息絶えた。


（『古今犬著聞集』）

臨終《りんじゅう》…一八〇七年、ドイツの数学者ガウス（一七七七年－一八五五年）が数学の難問と格闘の最中、夫人が危篤に。すると、ガウスは言った。「済まないが、妻にもう少し待つように言ってくれよ。こっちは正解まであと一歩なんだ」。

第十八話　臨終に猫が現れること《りんじゅうにねこがあらわれること》

寛文七年（一六六七年）五月、江戸中橋《なかばし》の住人宅の下女が長患いで病床に臥せっていると、年長《とした》けた猫が一匹現れ、病人の枕元に寄り添った。主人や朋輩が追い散らそうとしたが、ずっと居座ったままだった。

ほどなく下女が死ぬと、猫はふっつり姿を消した。

（出典記載なし）

猫舌《ねこじた》…猫舌という語の流布のせいで、熱いものが苦手なのは猫だけと思われがちだが、猫に限らず殆どの動物は熱いものが食べられない、つまり猫舌なのだ。そもそも野生動物が自然界で熱々のものを食べる機会はないから、当然である。

第十九話　洪水のせいで大蛇の頭骨が見つかること《こうずいのせいでだいじゃのずこつがみつかること》

延宝三年（一六七五年）、相模国鎌倉の深沢《ふかざわ》にて洪水が起こって山が崩れ、何物かの三尺余（約九十センチメートル）もある頭骨が見つかった。長さ一寸八分（約五センチメートル）ほどの鋭い歯が並んでいた。

若宮《わかみや》小路の者たちは、その歯を一本だけ折り取り、他は元通り埋め戻した。

ちなみに、江の島弁財天の縁起には、

「昔、深沢には大蛇が棲んでいた」

と記されている。例の頭骨はその大蛇のものなのだろう。

（『古今犬著聞集』）

洪水…司祭「あなたのような無神論者がいる限り、神はもう一度、洪水で世界を流し去ってしまわれることでしょう」。無神論者「そうはなさらないと思いますよ。一度目が何の効き目もなかったとよくご存じでしょうから」。

第二十話　毒草《どくそう》のこと

寛文七年（一六六七年）二月二十八日、信濃国諏訪に住む男が、野に出て草や菜を摘み、和《あ》えものにして食した処、俄かに惑乱してうわ言を言い続け、十日ほど後にようやく元に戻った。

ちなみに、八年ほど前には諏訪の芹《せり》が沢で「雷わり」という草を知らずに食べた者が、ほどなく陶然と酒に酔ったようになったという。

（『古今犬著聞集』）

毒…思えば、あらゆるものは人体にとり有毒。問題なのは、常に量なのだ。ちなみに、日本語では「毒」一語で済ますが、英語は「poison」という語以外に、動物の毒を表す「venom」、微生物の毒を表す「toxin」なども ある。

巻之七

第一話　久右衛門という男が天狗に遭うこと《ひさえもんというおとこがてんぐにあうこと》

丹波福知山多和村の久右衛門は豪胆で知られ、日々、弓矢を携えて山野を渉猟していた。

さてある日、鹿を追って山中深く分け入り真夜中に及んだ折、天狗倒し（深山での原因不明の大音響）に遭った。

しかし久右衛門は少しも動じず、それどころか手を打って嘲るように笑った。すると途端に怪音は止み、代わって今度は、頭上に白布《しろぬの》がはためいた。

「こりゃ何だ」

と訝しがって弓で突くと、ほとほとと音がした。

そうこうするうち、左の遥か上空から、何物かがこちらへ向かって真っ直ぐ落ち進んで来た。

「いよいよ、おいでなすったな」

と弓に矢をつがえ、狙いすましてひょうと射ると、確かに手応えがあった。

射られた者は傍の沼へどぶんと墜ちた。

走り寄って引き起こしてみると、それは天狗でもあやかしでもなく、黒井村の六兵衛という男だった。

不審に思いながら宿へ戻り、黒井村に人を遣わして問い合わせた処、「六兵衛は過日息をひきとったが、臨終の際に鬼の曳く火車《かしゃ》は現れて、遺骸を引っ立てて行った」

と言ってよこした。

いよいよ妙だというので今度は例の沼に人をやって調べさせた処、六兵衛の遺骸はなかったが、何者かが沼へ墜ちた形跡は残っていたという。


（『古今犬著聞集』）

天狗松《てんぐまつ》…枝が二股に分かれていたり、幹に大きなコブがあったりして、いかにも天狗が腰掛けそうな形をしている松の巨木が、しばしばこう呼ばれる。この樹を傷つけたり切ったりすると天狗に祟られる、と怖れられた。

第二話　本妻が妾の子を殺すこと

ほんさいがめかけのこをころすこと

尾張国に住む某の本妻には子がなく、妾には息子がいた。

その子が三歳なった折、本妻が話を切り出した。

「私にあの子を育てさせて下さいな。あの子を大事に育てたら、私も子宝に恵まれるかも知れないもの」

某は、

「長らくあの母子を妬んでばかりだったのに、さてもまあ、えらく殊勝なことを言い出したわい」

と喜び、さっそく妾にもわけを話して、その子を引き取ることにした。

さて、それからというもの、本妻は妾の子を殊のほか可愛がったので、某も日々、機嫌よく過ごせた。

ある夜、外出先から戻ると、妻がいつになく美しく着飾り、艶然と微笑んで、

「よい酒肴が手に入ったので、今宵は一献召し上がられては如何」

と勧めて来た。

夫が諾すると、妻は、

「では、肴をお持ちしますので、少々、お待ちを」

と言って一旦、奥へ退き、しばらくすると肴を引っ提げて戻って来た。

妻が持参したのは、例の子の丸焼きだった。人間一人を竹の串に刺して炙り焼いた代物だった。

と、見る間に妻の形相が変わり異様な風体《ふうてい》となった。

驚愕した夫は下人たちに命じて妻を捕らえ、納戸へ押し籠めた。

知らせを受け、妻の親が乗り込んで来た。

「我が娘ながら、何とおぞましい。親たるわしがこの手で成敗してくれようぞ」

と鼻息荒く、娘が押し籠められた納戸へ駆け入った。

が、いくら待っても出て来ない。

不審に思って覗いてみると、納戸の天井が破られて、鬼女は姿をくらませてしまっていた。

外では暴風雨が吹き荒れ、雷鳴や雷光が甚だしく、すさまじい有様だった。


（『古今犬著聞集』）

妾…日本では妾というと、世人の目を憚って「囲う」ものであり、暗いイメージがつきまとう。しかし中国では妻妾同居が原則だったから、妾は決して日陰の身などではなく、堂々と家へ入れるものだった。

第三話　猿を殺して発心すること

さるをころしてほっしんすること

信濃国下伊那《しもいな》郡入野谷村の某が、ある冬の日に猟に出た。

途中、大木の上にいる猿を見つけたので、撃ち殺して遺骸を提げて宿へ戻った。皮は明朝にでも剝ぐからそのままにして寝ようかと思ったが、

「下手な所に置いて、夜の寒さで凍らせてしまっては、皮を剝ぐのに難渋する」

とふと心づき、猿の遺骸は囲炉裏の上に吊っておいた。

さて、その夜更けのこと。

某が真夜中にふと目を覚ますと、囲炉裏の火影《ほかげ》がちらちらする。訝しがってそっと様子を窺うと、どこからかやって来た子猿が、吊るされた母猿と囲炉裏の傍を何度も行き来し

ていた。
見れば、囲炉裏の火で己の手を炙っては、母猿の脇の辺りにすがりつき、鉄砲傷にその手を当てて、懸命に温めてやっていたのだった。
某はその光景を見てそれまでの殺生を悔い、翌朝、妻を諭して離別し、頭をまるめて、諸国行脚の旅僧となった。

（出典記載なし）

坊主刈《ぼうずが》り…無政府主義者・大杉栄《おおすぎさかえ》（一八八五年-一九二三年）は少年時代にキリスト教会で洗礼を受けた。教会へ行く直前、彼は理髪店で髪を坊主刈りにした。「洗礼の聖水がよく浸み込むように」という彼なりの配慮からだった。

第四話　女が死んで蛇になること《おんながしんでへびになること》

江戸芝田町八丁目の紙屋某の妻女は、夫を深く恨むあまり病み臥し、とうとう亡くなった。

寺僧が、運ばれてきた遺骸の夜着などを取り除けてみると、そこには体長七、八尺（七尺は約二・一メートル）ほどの黒蛇の死骸があった。

薄気味悪いので、熊手の先に引っ掛けて近く浜まで運び、海へ投げ捨てた処、海中で黒蛇は甦り、浜まで泳ぎ来たかと思うと、ひたすら這い進んで某宅へ戻り、家の中へ入ってしまった。

あとを追って来た者が家の中を捜してみたが、蛇の姿はどこにもなかった。

さて、四十九日も済んだ頃、某は後妻を迎えた。

ところが、婚礼の翌朝、後妻は血相を変えて実家へ逃げ帰った。

その身の上に、何か途方もなく恐ろしいことが起こったからに相違ない。


（『古今犬著聞集』）

女…楽園で蛇を最初に誘惑したのは、イヴの方だったのかも知れない。ちなみに、インドにはこんな俗謡がある。「女の食い気《け》は男の二倍、知恵は四倍、我慢強さは六倍、欲《よ》情《く》の強さは八倍だ」。

第五話　憑いた狐が同輩の頼みを聞き入れて離れること

ついたきつねがどうはいのたのみをききいれてはなれること

丹後国峯山《みねやま》の角兵衛という男が、ある日、昼寝をしていると、狐の親子が現れて無邪気に遊び始めた。

すると、角兵衛はどうしたわけか親子を追い回し、逃げ遅れた子狐をさんざん打ちすえて、半死半生《はんしはんしょう》の目に遭わせた。

その後、角兵衛が宿へ戻ると、たちまちに狐の霊が取り憑いた。

角兵衛は激しく狂乱し、加持祈禱も験《げん》がみられなかった。

看病の者たちが、

「いったいどうしたらよいものか」

と嘆いていると、病人は突然膝をかがめ、誰かに挨拶するような格好で、虚空に向かってこう語った。

「大事なお子様を打擲《ちょうちゃく》されて憤られるのは道理です。とは申せ、まあお聞き下さい。もう七、八年ほど前ですが、私が子を連れて野に出ました折、数匹の犬が現れて、親子どもども喰い殺されそうになりました。その時、たまたま通りかかりましたこの人が犬を追い払って、私ども親子を救って下さったのでございます。その恩義がある故、この人の苦境をどうしても見逃がすわけにはいかないのです。今回だけは、どうか同輩の私に免じて、この人を赦してやって頂けませんか」

しばらくすると、病人は、

「お聞き届け頂き、誠にかたじけない」

と一礼し、今度はまた別の誰かに向かって、こう告げた。

「私がお詫び申し上げて、何とか先方からお赦しを頂けました。すぐに快癒とはいかないが、徐々によくなるから気長に養生なされい」

こう言い終わると、病人はばったりと床に倒れ伏した。

ほどなく、角兵衛は正気を取り戻した。天和二年（一六八二年）十月のことだった。

（『古今犬著聞集』）

狐憑《きつねつ》き／狐…人間に好んで憑くとは、ずいぶん風変わりな連中だ。本州から九州にはホンドキツネ、北海道にはキタキツネが棲む。何れもアカギツネの亜種。それ故、昔話に登場するキツネはホンドキツネとみて間違いない。

第六話　娘を龍宮に送ったこと

むすめをりゅうぐうにおくったこと

昔、近江国柳川に、琵琶湖で魞漁《えりりょう》（魚を追いこんで獲る琵琶湖独特の仕掛け）を営む新介という男が住んでいた。

ある日、新介は酔っぱらって浜へ出ると、まだ見ぬ龍宮に目掛けて叫んだ。

「俺の魞を魚で満たしてくれ。他の魞とは比べものにならぬほどの大漁が望みだ。願いを聞き届けてくれたら、そちらさんの願いも叶えてやるから」

無論、新介は酔った勢いで軽口を叩いたに過ぎなかったが、その言葉が終わらぬうちに、天は黒雲で覆われ、車軸を流すような大雨になった。

柳川一帯は洪水に見舞われ、家々は水に浸かった。

そして水が引くと、新介の家の中にだけ、ありとあらゆる種類の魚介類が置き去りになった。世は新介の幸運を羨んだ。

さて、しばらく経つと、新介は沈痛な面持ちで二人の娘を呼び寄せた。

そして思い切って打ち明けたことには、

「お前たちも知っての通り、わしは以前、浜で不用意な誓いを立てて大漁を請い、その願い通り多くの魚を得た。ところが、その日以来、毎夜のように龍宮からの使者が夢枕に立ち『今度は龍宮の側の願いをお前に聞き届けてもらう番だ。ついては、二人いるお前の娘のうち、どちらか一人を龍宮へ差し出せ』と責め立てるのだ。そして、わしが拒むと、『ならばお前の一家親族、ことごとく湖へ引き込んでやる』と脅してくる。どうしたものか」

新介の涙の述懐を聞くや、姉の方は、

「まあ、恐ろしい。龍宮へ行くだなんて、絶対にご免だわ」

と言ってそっぽを向き、全く話にならなかった。

一方、妹の方は、じっと考えた挙句、

「大勢の人の命が懸かっていることだから、断れないわね。いいわ、龍宮へは私が行きますから、先方へはそう伝えて下さいな」

と答えた。

新介は安堵するやら淋しいやら複雑な心持ちで段取りをつけ、あれこれ準備をするうちに、とうとう約束の日限《にちげん》となった。

用意された特別な乗り物に乗せられ、娘は湖へ運ばれた。

行列には家族親族のみならず、村じゅうの者たちが参加した。

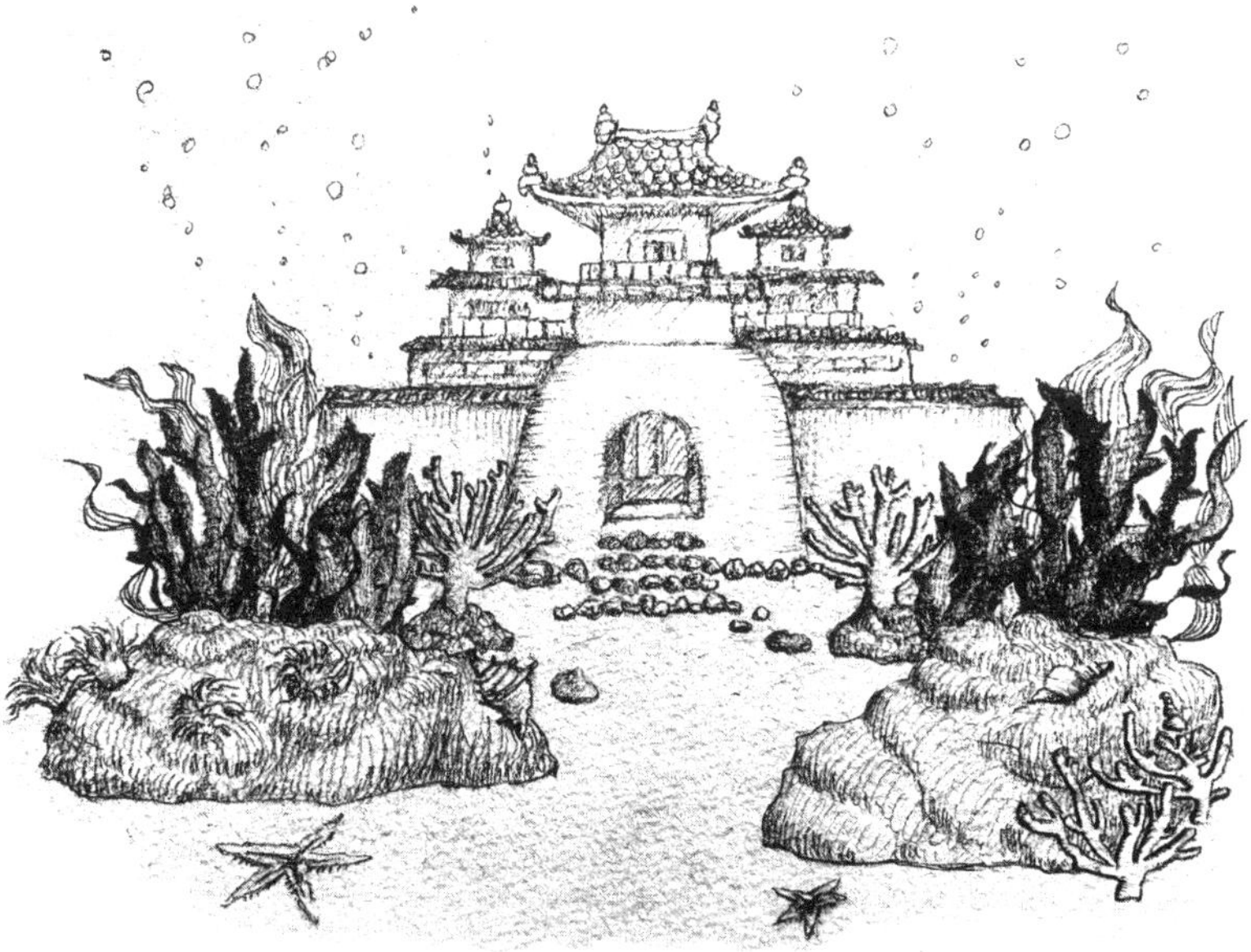

湖に着くと、乗り物は沖合まで運ばれた。

別れを告げた皆の舟が離れると、乗り物は湖上でくるくると巴《ともえ》の字を描くように回り始め、やがて湖底へ沈んで行った。

それからというもの、新介の魞は異様な大漁が続いた。

さて、七年後。

かの娘の祥月命日《しょうつきめいにち》に、新介の魞から一頭の龍が昇天した。

村人全員がそれを目撃した。

そして……。

翌日から、新介の魞には一尾の魚も入らぬようになった。

皆は、

「例の娘が龍となって天へ昇ったのだろう」

と噂した。


（『古今犬著聞集』）

龍宮…国土の四方を海に囲まれているせいで、日本人は龍宮という異界を海底に求めがち。しかし、高原文化に属する中国貴州《きしゅう》地方（中国の南西部）の人々にとって、龍宮は鍾乳洞の奥にある理想郷を指した。同地の民話がそれを証している。

第七話　無尽講の金を流用して報いを受けたはなし《むじんこうのかねをりゅうようしてむくいをうけたはなし》

江戸尾張町一丁目のさかい屋某という男は、明暦三年（一六五七年）の暮れに、無尽講の積立金七十両を私的に流用して、それを元手に千両余も儲けた。

さて、時は流れて、延宝八年（一六八〇年）八月一日の朝。

外出先から戻った某は、明らかに素振りが妙だった。

某は二階へ上がると、いきなり脇差を抜き、

「俺は、以前、他人の金をかすめて大儲けした。罰当たりも甚だしい。こうやって懺悔せずばなるまい」

と言いながら、みずからの左の背を二回、右の背を一回、切り裂いた。

周囲の者は仰天して、ようやくのことで脇差を奪い取り、医者へ担ぎ込んで療治をしてもらった。

しかし、同月九日の夜、外では凄まじい雷鳴が響き渡る折から、例の刀傷から血汐が吹き出て、急死した。

（『古今犬著聞集』）

背…椅子の背（the back of a chair）、本の背（the back of a book）のように、英語の「back」は無生物の背を表す。しかし対象が自然物の場合には、「ridge」という語を使う。例えば、波の背（the ridge of a wave）など。

第八話　四つ子を産むこと《よつごをうむこと》

備後国神石郡神辺町にある油屋久兵衛の妻女が四つ子を産んだ。

三人は男で、女は一人だけだった。

最後に産まれた子は、生まれながらにして髪は長く、歯は上下とも生え揃っていた。額には二本の角が生えていた。

あまりに不気味なので、薬研堀《やげんぼり》へ捨てられた。

その間、ただの一度も、鳴き声を上げなかった。


（『古今犬著聞集』）

子沢山…スワジランド王国（現在の呼称はエスワティニ王国）の国王ソブーザ二世（一八九九年－一九八二年：在位一九二一年［戴冠式］－一九八二年）である。彼には妻が百三十人以上おり、子どもは六百人を超えていた。

第九話　疱瘡で子を失い、正気を失うこと

ほうそうでこをうしない、しょうきをうしなうこと

筑後国瀬高《せだか》町の町人彦七の子が、ある時、疱瘡に罹った。

妻は亡く、この一人息子だけが彦七の生きがいだった。

彦七は熱心な浄土真宗信者で、平素は宗旨以外の神仏に祈りを捧げることは皆無だったが、今回ばかりはそうもいかない。

彦七は、疱瘡神のために神棚を設け、己は新調した衣服に身を包んで、昼夜、熱心に子の本復を懇請した。

そのうち、看病している乳母が、

「旦那様、坊ちゃまのお具合が……」

と叫び声を上げた。

彦七は庭へ走り出ると、井戸端で水垢離をし、

「まこと疱瘡の神ならば、我が子を助け給え」

と衷心から祈り、拝礼した。

しかしほどなく、子は息絶えた。

彦七は頭を上げると神棚をきっと睨み据え、脇差をすらりと抜いて立膝をついた。

そして、

「これほどまでに懇請した者を救わずして、何が神か。ええい、思い知らせてくれるわ」

と叫んで立ち上がり、神棚やしめ縄を切り捨て、供物は踏みしだき、奇声を発しながら狂い暴れた。

とはいえ、しばらくすると、衣《きぬ》を被《かず》ぎ、地に倒れ伏した。

さて、こうした騒ぎは、向かいの住人の耳にも届いていた。

彦七の妻の泣き声が聞こえてきたので、その家の女は、

「お向かいの子が疱瘡に罹ったとは聞いていたけど、ああ、助からなかったのね。気の毒に……」

と、暗澹《あんたん》たる気持ちになった。

と、その時、突然、六十余歳の乳母が彦七宅から飛び出してきたのが見えた、頭を何か所も斬られ、振り乱した白髪は血で赤く染まっていた。乳母は助けを求めて、隣家へ駆け込んでいった。

それを目にして、女ははっと心づいた。

夫に声をかける暇《いとま》も惜しみ、傍で寝ていた我が子をひしと抱きかかえると、他には何も持たず、裸足のまま、外へ駆け出した。

女はひたすら走った。

走って走って、二里ほど離れた所にいる伯母の家へ走り込んだ。

驚く伯母に訳を話すと、

「あの家から離れることに心づくとは偉いわ」

と褒めてくれたものの、

「ただ、あんたの子の具合がこれからどうなるかは、運を天に任せるほかないわねえ」

と表情を曇らせた。
ところで、例の乳母が逃げ込んだ家では、その日のうちに子ども二人が疱瘡を発症し、まもなく死んだ。同じ町内の他の家々でも、七、八人の死者が出た。
一方、伯母の家へ担ぎ込まれた子は、疱瘡に罹るには罹ったが、身体に全部で十ほどの発疹が出ただけで、あとは日にち薬で治ってしまった。

（『異事記』）

疱瘡絵《ほうそうえ》…「為朝を　平家に描く　疱瘡絵」という句がある。「源氏の豪傑である為朝をつかまえて平家とは何事か」と怒ってはいけない。「平家に描く」とは、平家のシンボルカラー（赤色）で描いた赤絵のこと。疱瘡除けとして室内に貼った。

第十話　蛇を殺した祟りで命を落とすこと

へびをころしたたたりでいのちをおとすこと

出羽国の某所の石垣が崩れたので、近隣の者が集まって積みなおしていると、石の間から六、七寸くらいの蛇が這い出てきた。

そこで、数人で追い廻し、最後には中の一人が打ち殺した。

その男は、たちまち両眼が潰れて頓死してしまった。

残りの者たちは落命こそ免れたが、二か月ほど病み臥した。

ちなみに、くだんの蛇には四本の足が生え、世間で目にする画のような恐ろしい面相をしていた。


（『古今犬著聞集』）

崇り…「庄屋の跡は井戸塀ばかり」という句がある。没落した庄屋が家屋敷を手放して去ると、あとに残るのは井戸と崩れた塀だけという意味。なお、井戸を放置して去るのは、隣人たちへの親切心からではなく、水神様の崇りが怖いから。

第十一話　祖母が孫を喰うこと《そぼがまごをくうこと》

上野国大胡村の名主には、齢七十の老母がいた。

日頃から三歳になる孫を可愛がっていたが、ある夜、突然、孫を殺《あや》め、その身体を貪り喰ってしまった。

そして、片手だけを喰い残して、名主へ自慢げに見せた。

すぐさま牢へ押し籠められた。


（『古今犬著聞集』）

孫…孫の孫を玄孫《やしゃご》という。では、玄孫の子は来孫《らいそん》。初代から数えると五代目の子孫にあたる。ちなみに、淳祐《じゅんゆう》（八九〇年‐九五三年）は菅原道真（八四五年‐九〇三年）の孫。父は菅原淳茂《あつしげ》（八七八年‐九二六年）。

第十二話　人を殺して報いをうけること

ひとをころしてむくいをうけること

延宝七年（一六七九年）夏、相模国の大工八兵衛の妻女が子を産んだ。額には角があり、口には長い牙が生え上下が喰い違いになっていて、世間でいう鬼そっくりだった。

重い大工道具箱を上から乗せて圧死させたが、乗せ始めた時には、尋常ならざる力で下から箱を押し上げ、かなり抵抗したという。

これも八兵衛が人を手にかけた報いであろうか。

（『古今犬著聞集』）

鬼子《おにご》…生まれながら歯が一本生えている赤子は、長じて有名人になる。二本生えていて、しかもその歯同士の間隔が広い赤子は、将来、遠方へ旅せねばならない運命にあるのだという。

第十三話　牛を殺して報いをうけること

うしをころしてむくいをうけること

江戸尾張町一丁目の扇屋は、細工に優れていた。

ある時、仔牛を手に入れて全身を虎の皮で縫い包み、本物の虎と偽って境町の見世物小屋へ出して、大当たりをとった。

ただ、この時、鳴き声で不正が露顕することを怖れ、口は縫い閉じられていたので、皮の中の仔牛は声を出せないばかりか水も食も摂れず、五、六日もすると死んだ。

すると、代わりの仔牛を手配して、また同じことを繰り返した。

こうして、はや五、六頭が犠牲になった頃であろうか。

扇屋の亭主は気がふれ、昼夜、牛の鳴き真似をしながら亡くなった。

（『古今犬著聞集』）

牛…牛の母子の絆はなかなか深いらしい。それればかりか、一緒に飼われる期間が長くなると、親子のみならず、兄弟姉妹や孫まで集まって行動する傾向があるという。

第十四話　雷神に襲われたが蘇生したこと

らいじんにおそわれたがそせいしたこと

寛文二年（一六六二年）、下総国毛見川《けみがわ》の男二人が宇名屋まで出向いて草を刈っていると、突如、雷神が二人を襲った。

一人は二、三町（一町は約百九メートル）先まで掴み落とされ、五体を引き裂かれて即死した。

もう一人は一里半も離れた野まで運ばれてから地へ叩きつけられた。

家族がほうぼう捜し回ってやっと見つけ、家へ連れて帰った。

からだを触ってみるとまだほんのり温かかったので、狂喜して看病した処、やがて息を吹き返した。

（『古今犬著聞集』）

雷電《らいでん》…雷電の「雷」は雷鳴、「電」は雷光。従って、どちらか一方が欠けている場合には、「雷電」の語は使わない。ちなみに、一回の落雷で流れる電流は約十万アンペアと相当の大きさ。

第十五話　妻の幽霊が凶事を告げること

つまのゆうれいがきょうじをつげること

信州諏訪の町人某は妻に先立たれ、後妻を迎えた。

先妻との間に出来た子は、江戸へ奉公に出していた。

ある時、某が所用で他所へ赴くと、道端ですでにこの世にないはずの先妻に行き会った。

先妻が言うには、

「今の女房と早々に離別なさった方がお身のためですよ。なお、誤解しないで頂きたいのですが、これは何も、嫉妬に駆られて申し上げているのではないです。あの者が嫁いで来てからというもの、あなたは不幸続きではないですか。思い当たるふしがおありの筈です。それに、私たちの可愛い息子は、奉公先にて瀕死の病で臥せっています。可哀相に、もうそんなに長くはもたないでしょう」

某はこう言われて俄かに不安になり、急いで江戸へ使いを出して、息子の近況を確かめてみた。すると、先妻の告げの通り、息子は病床にあって、ほどなく亡くなった。

某は驚き、すぐに後妻と離別した。

（『古今犬著聞集』）

後妻……

ジョンが、ブラウン夫人のことをシャルロットに訊ねた。

「彼女の結婚前の姓は何と言うんだい？」

「誰と結婚する前？」

第十六話　猿を殺して報いをうけること
さるをころしてむくいをうけること

讃岐国小豆島に住む某は柿を栽培していたが、実が熟してきて間もなく収穫という時期を狙いすましたように、夜中、何者かが柿を喰い荒らした。

某は激怒し、

「犯人の正体は分からぬが、実にいまいましい奴だ。今度来たら、射殺《いころ》してやる」

と心を決めて、寝ずの番をした。

すると……。

案の定、夜になると、柿をむしる音がする。

「今宵こそ逃がしてなるものか」

といきり立ち、矢を弓につがえて窺いみると、柿荒らしの犯人は一匹の大猿だった。

ただ、妙なことに、大猿はこちらに向かい、しきりに腹を押さえては鳴き騒ぐのだった。

ところが、頭に血が上っている某は、そんなことにはお構いなく、

「今更命乞いしても無駄だわい」

と言って、射殺してしまった。

なお、猿の死骸に駆け寄った際に初めて知ったのだが、猿は孕んでいた。

しばらくして、某の妻女は子を産んだ。

その子の胴体や四肢は人間のそれだったが、顔は紛れもなく猿だった。


（『古今犬著聞集』）

猿茶《さるちゃ》…中国の伝説上の茶。山岳地帯の断崖絶壁に自生する山茶は人間が採取することが出来ない。そこで、飼い慣らした猿に収穫させたから、この名がある。風味は絶品であったという。

第十七話　鶏卵を喰らって報いをうけること《けいらんをくらってむくいをうけること》

美濃国御村の住人某は、日頃から鶏卵を頻繁に食していた。すると、その報いをうけたとみえて、ある日、頭髪がことごとく抜け落ち、代わりに鶏の羽毛がびっしりと生え揃った。寛文年間（一六六一～一六七三年）の出来事だった。

（『古今犬著聞集』）

鶏卵…日本人は、一人あたり年間約三百三十個の鶏卵を食べている計算になる。世界トップクラスの消費量だ。ひと昔前までは価格が安定していたので「物価の優等生」「庶民の味方」などと言われていたが、最近はそうでもなくなってきた。

第十八話　怨霊が主人の子を殺すこと

おんりょうがしゅじんのこをころすこと

大坂在住の鍼灸医が話してくれたこと。

ある町人の子が重病に罹ったため、懸命に療治を施すうち、深夜になった。そこで桟敷《さじき》に出て、庭の方をぼんやり眺めていた処、突然、逆さまの女の幽霊が現れた。

驚いて、

「何者か」

と問うと、幽霊曰く、

「私はかつてこの屋敷に奉公していた下女です。ここの奥方は異常に嫉妬深く、ご主人と私の仲を勝手に勘ぐって私を憎み、とうとう私を井戸へ突き落としたのです。その際、井戸へは逆さまに落ちたので、今もこのような姿で娑婆へ現れ出ております。私をこのような目に遭わせた奥方が憎くて仕方がありません。そこで復讐のために、あの女の子に祟りをなし、病悩させています。ほどなく、とり殺すつもりです。ただ、私の復讐はそれでは終わりません。屋敷にいる者全員に祟る腹づもりでいます。巻き込まれたくなかったら、あなたは早々に屋敷を立ち退きなさい」

そう言い終わると、幽霊は奥の部屋へ向かった。

しばらくすると例の子は息を引き取り、家族の悲嘆の声が辺りに響いた。


（『古今犬著聞集』）

嫉妬…渡唐した吉備真備《きびのまきび》（六九五年－七七五年）は玄宗《げんそう》皇帝に拝謁。すると床板が突然音を立てて裂け、真備は床下へ。おかげで不敬罪に問われ投獄された。彼の学識と玄宗からの寵愛に嫉妬した連中が仕組んだ、陰湿な罠だった。

第十九話　怨霊が蛙に変じて仇を報じること

おんりょうがかえるにへんじてあだをほうじること

主人の命で使いに出された家人某が用事を済ませて屋敷へ戻った処、「今度は下女を伴ってこれこれの地へ赴くべし」と直ぐに次なる用事をおおせつかった。そこで某が、

「遠方まで行って用件を済ませ、ようようのことで戻ってきたのに、またお使いか。全く人使いの荒いお屋敷だ。やれやれ」

と思わずぼやくと、それを聞きつけた下女が主人に告げ口した。

主人は怒って、某を手討ちにした。

さて翌年。

例の下女が、主人の愛児に付き添って庭を散歩していると、一匹の蛙が目にとまった。下女が何気なく杖で打つと、蛙は下女の顔へ小便をひっかけた。

その拍子に、小便が下女の口にかかった。

ひどく苦かったので、舌を水ですすいだが、苦味は消えない。

辛抱堪らず、舌の表面を擦り続けると、やがて表皮が破れて出血し、腫れあがった。そして、三、四日患いついたかと思うと、あっけなく死んでしまった。

人々は、

「かの某の怨霊が蛙に姿を変え、恨みを晴らしたのに違いない」

と取り沙汰した。


（『異事記』）

蛙…昔、蛙が薬師如来に祈願して、後ろ脚二本で立って歩けるようにしてもらった。ところが、いざ二本脚で歩いてみると、目が後についているから前方が見通せず、不便だし危ない。そこで一度如来に頼み、元の姿へ戻してもらったという。

各話ごとの引用書目一覧

巻之一

第一話　日本武尊、山神を殺すこと……………………『日本書紀』
第二話　小竹宮怪異のこと……………………………『日本書紀』
第三話　吉備県守、虬を斬ること……………………『日本書紀』
第四話　蜾蠃、大蛇を斬ること………………………『日本書紀』
第五話　文石小麻呂、犬に化けること………………『日本書紀』
第六話　猿、歌を詠むこと……………………………『釈日本紀』
第七話　河辺、雷神を焼き殺すこと…………………『釈日本紀』
第八話　猪麻呂、鰐魚を殺すこと……………………『出雲国風土記』
第九話　豊後国頭峯のこと……………………………『豊後国風土記』
第十話　豊後国田野のこと……………………………『豊後国風土記』
第十一話　嵯峨天皇は上仙法師の生まれ変わりであること……『日本後紀・文徳実録』
第十二話　雲中で鶏が闘う怪異のこと………………『日本後紀・文徳実録』
第十三話　金峯山の上人、鬼となって染殿后を悩ませること……出典記載なし

第十四話　安倍晴明、花山院の前世を占うこと……『古事談』
第十五話　赤染衛門の妹が魔魅に遭うこと……『江談抄』
第十六話　宇治中納言が在原業平の幽霊に遭うこと……『玉伝深秘』
第十七話　大江匡房は熒惑星の化身であること……『江談抄』
第十八話　壬生の尼、死して腹から火が出たこと……『続古事談』

巻之二

第一話　草野経廉が化け物を射ること……『豊後日田事記』
第二話　日田永季、出雲の小冠者と相撲をとること……『豊後日田事記』
第三話　室生の龍穴のこと……『古事談』
第四話　鵺が執心から馬に変じ、頼政に仇をなすこと……『常陸志』
第五話　源実朝は宋の雁陽山の僧の生まれ変わりであること……『紀州志』
第六話　吉田兼好の墓をあばいて祟りがあること……出典記載なし
第七話　一条兼良公が元服の際、怪異があること……『古今犬著聞集』
第八話　石塔が人間に化けて子を産むこと……『古今犬著聞集』
第九話　芦名盛氏は僧の生まれ変わりであること……『会津四家合考』
第十話　芦名盛隆が死ぬ前、怪異があること……『会津四家合考』

巻之三

第一話　人面瘡のこと……『怪異雑記』
第二話　古い石塔が祟りをなすこと……『古今犬著聞集』
第三話　高野山に登った女人が天狗に捕まること……『古今犬著聞集』
第四話　節木の中の子規のこと……『古今犬著聞集』
第五話　猫が人間を悩ますこと……『思出草』
第六話　親不孝な女が天罰を蒙ること……『古今犬著聞集』
第七話　紀州真名古村に今も蛇身の女がいること……『古今犬著聞集』
第八話　殺生した罪の報いが我が子に及ぶこと……『古今犬著聞集』
第九話　人の背中から虱が出ること……出典記載なし
第十話　出雲国松江村の穴子のこと……『怪事考』
第十一話　龍が屋敷から昇天すること……『豊前国人物語』
第十二話　大蛇を殺して祟りに遭うこと……『古今犬著聞集』

巻之四

第一話　女の生霊が蛇となって男を悩ませること……『古今犬著聞集』

第二話　下総国の鵠の巣のこと……『異神記』
第三話　甘木備後、三河国鳳来寺の薬師如来のご利益を得ること…『古今犬著聞集』
第四話　継母の怨霊が継子を悩ませること……『古今犬著聞集』
第五話　古井戸へ入った人が命を落とすこと……『陸奥国人物語』
第六話　女の死骸が蝶に変じること……『古今犬著聞集』
第七話　異形の双子が産まれること……『古今犬著聞集』
第八話　蛇塚のこと……『古今犬著聞集』
第九話　蜂が蜘蛛に仇を報じること……『相州国人物語』
第十話　蜘蛛石のこと……『紀州志』
第十一話　死んだ妊婦が子を育てること……『古今犬著聞集』
第十二話　妻女が鬼になること……『古今犬著聞集』
第十三話　愛執によって女の首が抜けること……『叢談』
第十四話　狐を驚かせた報いで、一家が落ちぶれたこと……『肥前土人物語』

巻之五

第一話　山路勘介が化け物を殺すこと……『異事記』
第二話　盲人が観音に祈り、目がひらくこと……『古今犬著聞集』

第三話　蛇、人間の恩を知ること……『古今犬著聞集』
第四話　病中の女が鬼に摑まれること……『古今犬著聞集』
第五話　猿が人間の子を借りて己の子の仇をとること……『古今犬著聞集』
第六話　化け物が人間の魂を抜き去ること……出典記載なし
第七話　夢に山伏が現れて、病人を連れ去って行くこと……『古今犬著聞集』
第八話　蓮入、雷にうたれること……『叢談』
第九話　大鮑のこと……『古今犬著聞集』
第十話　蛙が蛇を撃退すること……『怪事考』
第十一話　猿が身を投げること……『怪事考』
第十二話　小西何某、怪異のものを斬ること……『但馬土人物語』

巻之六

第一話　瀬川主水の仇討ちのこと……『異事記』
第二話　稲荷明神の神酒を盗む老人のこと……『異事記』
第三話　病中に魂が寺へ詣でること……『古今犬著聞集』
第四話　幽霊が子を育てること……『古今犬著聞集』
第五話　狼が人間に化けて子を産んだこと……『古今犬著聞集』

第六話　幽霊が現れて妻を誘うこと……『古今犬著聞集』
第七話　殺生の報いで目鼻がなくなる病にかかること……『古今犬著聞集』
第八話　鳳来寺の鬼のこと……『古今犬著聞集』
第九話　紀州国幡川山禅林寺の由来のこと……『紀州志』
第十話　蛇の執心が鶉を殺すこと……『ある人の物語』
第十一話　金に執心を残す僧のこと……『古今犬著聞集』
第十二話　狐が化け損ねて殺されること……『古今犬著聞集』
第十三話　鼠を助けて金を得ること……『古今犬著聞集』
第十四話　馬風呂のこと……『古今犬著聞集』
第十五話　夢告を得て、富を得ること……『古今犬著聞集』
第十六話　鶉飼の男が最期に臨み苦悶すること……『国人物語』
第十七話　火車に乗ること……『古今犬著聞集』
第十八話　臨終に猫が現れること……出典記載なし
第十九話　洪水のせいで大蛇の頭骨が見つかること……『古今犬著聞集』
第二十話　毒草のこと……『古今犬著聞集』

巻之七

第一話　久右衛門という男が天狗に遭うこと……『古今犬著聞集』
第二話　本妻が妾の子を殺すこと……『古今犬著聞集』
第三話　猿を殺して発心すること……出典記載なし
第四話　女が死んで蛇になること……『古今犬著聞集』
第五話　憑いた狐が同輩の頼みを聞き入れて離れること……『古今犬著聞集』
第六話　娘を龍宮に送ったこと……『古今犬著聞集』
第七話　無尽講の金を流用して報いを受けたはなし……『古今犬著聞集』
第八話　四つ子を産むこと……『古今犬著聞集』
第九話　疱瘡で子を失い、正気を失うこと……『異事記』
第十話　蛇を殺した祟りで命を落とすこと……『古今犬著聞集』
第十一話　祖母が孫を喰うこと……『古今犬著聞集』
第十二話　人を殺して報いをうけること……『古今犬著聞集』
第十三話　牛を殺して報いをうけること……『古今犬著聞集』
第十四話　雷神に襲われたが蘇生したこと……『古今犬著聞集』
第十五話　妻の幽霊が凶事を告げること……『古今犬著聞集』
第十六話　猿を殺して報いをうけること……『古今犬著聞集』

第十七話　鶏卵を喰らって報いをうけること……………………………………『古今犬著聞集』
第十八話　怨霊が主人の子を殺すこと……………………………………『古今犬著聞集』
第十九話　怨霊が蛙に変じて仇を報じること……………………………………『異事記』

引用書目概要 ❖五十音順

［凡例］1-1＝巻之一第一話

『会津四家合考《あいづしけごうこう》』

歴史書。向井吉重《むかいよししげ》編。寛文二年（一六六二年）成立。

2-9、2-10

『ある人の物語』

不詳。6-10

『異事記《いじき》』

不詳。

5-1、6-1、6-2、7-9、7-19

『異神記《いしんき》』

不詳。

4-2

『出雲国風土記《いずものくにふどき》』

地誌。天平五年（七三三年）成立。現存する風土記の中で、唯一、完備したものとして有名。

1-8

『思出草《おもいでぐさ》』

不詳。

3-5

『怪異雑記《かいいざっき》』

不詳。

3-1

『怪事考《かいじこう》』

不詳。

3-10、5-10、5-11

『紀州志《きしゅうし》』

不詳。

2-5、4-10、6-9

『玉伝深秘《ぎょくでんしんぴ》』

不詳。

1－16

『江談抄《こうだんしょう》』

説話集。大江匡房《おおえのまさふさ》の談話を、藤原《ふじわらの》実兼《さねかね》が筆記したもの。長治年間から嘉承年間（一一〇六～一一〇八年）にかけて成立したか。

1－15、1－17

『古今犬著聞集《ここんいぬちょもんじゅう》』

説話集。椋梨一雪《むくなしいっせつ》著。貞享元年（一六八四）成立。

2－7、2－8、3－2、3－3、3－4、3－6、3－7、3－8、3－12、4－1、4－3、4－4、4－6、4－7、4－8、4－11、4－12、5－2、5－3、5－4、5－5、5－7、5－9、6－3、6－4、6－5、6－6、6－7、6－8、6－11、6－12、6－13、6－14、6－15、6－17、6－19、6－20、7－1、7－2、7－4、7－5、7－6、7－7、7－8、7－10、7－11、7－12、7－13、7－14、7－15、7－16、7－17、7－18

『国人物語《こくじんものがたり》』

不詳。

6－16

『古事談《こじだん》』

説話集。源《みなもとの》顕兼《あきかね》編。建暦二年（一二一二年）から建保三年（一二一五年）頃の成立。

1－14、2－3

『釈日本紀《しゃくにほんぎ》』

『日本書紀』の注釈書。卜部兼方《うらべのかねかた》著。鎌倉時代末期の成立。

1－6、1－7

『相州国人物語《そうしゅうこくじんものがたり》』

不詳。

4－9

『叢談《そうだん》』
不詳。
4－13、5－8
『続古事談《ぞくこじだん》』
説話集。編者未詳。十三世紀初頭成立。
1－18
『但馬土人物語《たじまどじんものがたり》』
不詳。
5－12
『日本後紀《にほんこうき》』
歴史書。藤原緒嗣《ふじわらのおつぐ》ら撰。承和七年（八四〇年）成立。
1－11（『文徳実録』と重複）、1－12（『文徳実録』と重複）
『日本書紀《にほんしょき》』
歴史書。舎人《とねり》親王ら撰。養老四年（七二〇年）成立。
1－1、1－2、1－3、1－4、1－5

『肥前土人物語《ひぜんどじんものがたり》』
不詳。
4－14
『常陸志《ひたちし》』
不詳。
2－4
『豊前国人物語《ぶぜんこくじんものがたり》』
不詳。
3－11
『豊後国風土記《ぶんごのくにふどき》』
地誌。和銅六年（七一三年）の詔に基づき撰進された。完本は伝存せず。
1－9、1－10
『豊後日田事記《ぶんごひたじき》』
不詳。
2－1、2－2

『陸奥国人物語《むつこくじんものがたり》』

不詳。

4－5

『文徳実録《もんとくじつろく》』

歴史書。元慶《がんきょう》三年（八七九年）に藤原基経らが完成させた。

1－11（『日本後紀』と重複）、1－12（『日本後紀』と重複）

［注］本文に引用書目の記載のない話

1－13、2－6、3－9、5－6、6－18、7－3

あとがき

恐怖とは差し迫った脅威だから、あれこれ考える間もなく、とにかく何らかの対処をしないといけない。

しかし、怪異は、もう少しゆっくりやって来る。人によっては無視できなくもないが、何かの拍子に絡めとられると、もう抜け出すことが出来ない。

『大和怪異記』は、そうした悩ましくも愛おしい怪異譚がぎっしり詰まった奇書なのだ。


怖いもの好きの善男善女の皆様、最後の頁までお付き合い頂き、有難うございました。

そして、この奇書を世に問う壮挙に踏み切って下さった現代書館さん、編集に奔走して頂いた重留遥さんにも深甚の謝意を表します。

二〇二五年二月

上方文化評論家　福井栄一　拝

福井栄一 ふくい・えいいち

上方文化評論家。四條畷学園大学 客員教授。
大阪府吹田市生まれ。京都大学 法学部卒。
京都大学 大学院法学研究科修了。法学修士。
日本の歴史・文化・芸能・民俗に関する講演を
国内外でおこない、
テレビ・ラジオなどマスコミ出演も多数。
著書は『上方学』(朝日新聞出版)、
『鬼・雷神・陰陽師』(PHP研究所)、
『十二支妖異譚』(工作舎)等、
本書を含めて通算46冊にのぼる。
剣道二段。
http://www7a.biglobe.ne.jp/~getsuei99

全訳 大和怪異記《ぜんやく やまとかいいき》
古典怪談玉手箱《こてんかいだんたまてばこ》

二〇二五年三月十五日　第一版第一刷発行

著者　**福井栄一**
発行者　**菊地泰博**
発行所　株式会社**現代書館**
〒102-0072
東京都千代田区飯田橋3-2-5
電話　03-3221-1321
FAX　03-3262-5906
振替　00120-3-83725
http://www.gendaishokan.co.jp/

印刷所　**平河工業社**(本文)
東光印刷所(帯・カバー・表紙・扉)
製本所　**鶴亀製本**
組版・装丁　**桜井雄一郎**
本文挿絵　**三村京子**
地図　**曽根田栄夫**
校正協力　**高梨恵一**

ISBN978-4-7684-5972-0
定価はカバーに表示してあります。乱丁・落丁本はおとりかえいたします。